U0956621

大鱼

有爱的青春陪伴者

可爱分你一半

Ke'ai Fenni Yiban

莫笑 著

花山文艺出版社

图书在版编目（CIP）数据

可爱分你一半 / 莫笑著. —石家庄：花山文艺出版社，2019.5

ISBN 978-7-5511-4619-7

Ⅰ. ①可… Ⅱ. ①莫… Ⅲ. ①长篇小说－中国－当代Ⅳ. ①I247.5

中国版本图书馆CIP数据核字(2019)第082395号

书　　名：可爱分你一半
著　　者：莫　笑

策　　划：张采鑫
特约编辑：廖晓霞
责任编辑：董　舸
美术编辑：胡彤亮
责任校对：齐　欣
封面设计：Insect
内文设计：Insect
封面绘制：高梦雪
出版发行：花山文艺出版社（邮政编码：050061）
（河北省石家庄市友谊北大街330号）
销售热线：0311-88643221/29/35/26
传　　真：0311-88643225
印　　刷：长沙鸿发印务实业有限公司
经　　销：新华书店
开　　本：889×1194　1/32
印　　张：8.5
字　　数：240千字
版　　次：2019年7月第1版
2019年7月第1次印刷
书　　号：ISBN 978-7-5511-4619-7
定　　价：36.80元

目录
contents

目录
contents

Ke'ai Fenmi Yiban

第一章
荒草何茫茫

何芒已经低头跟了前面的男生半天。

她装作无辜地踏着细细碎碎的步子，左看看右看看，眼神再偷偷向前一瞟，他是拐进了哪条街。

她的手拉着另一个扎起长发的女生，两人鬼鬼祟祟的样子活像两只扭捏的大壁虎，而前面自顾自走的人还没发现。

和慌张的何芒不同，被她轻轻拽在身后的熊月升一脸沉静，怎么看怎么是个干特工的料儿。

熊月升面沉似水、眼神冷静。谁也看不出来，她现在一头雾水，完全是被稀里糊涂拉过来的。

就在她微蹙着眉陷入沉思时，前面的何芒忽然猛地把她往旁边一扯，同时抬起食指，睁大眼睛，“嘘”了一声。

不长不短的一段距离前面，一个面容清秀的男生停下脚步，回了回头。

这里远离市区，整条道路都空旷得可怜，他理所应当地没有看见除了自己之外的任何人。然后他若有所思地望了望身后不远处的一个拐角，转头继续往前走。

熊月升的后背紧紧贴着微凉的墙壁，正是暮春时分的傍晚，被太阳烘烤了一整天的绿植散发着若有似无的清香。她偏头看了看正小心探出去半张脸的何芒，忍不住又一次怀疑起了自己的人生。

她要是认识路就好了。

因为一场意外事故，熊月升搬过来跟元嘉镇的舅舅一家一起住，今天下午她和舅妈去新学校登记入学，结果没多久舅妈就因为一场紧急手术先回医院了。她的父母都是医生，所以，她对这种情况并不意外，不慌不忙自己办完手续，走出了教学楼。

然后，她分外冷静地打开了手机地图，却在这个全然陌生的校园里迷路了。

月升把一头黑发都利索地扎在脑后，露出一张干净白皙却毫无表情的脸。她的眼睛很好看，眼尾在该弯的地方像水流一样温和地拐了个弯，是温柔漂亮的桃花眼。但她的神情又似苦大仇深，仿佛某个山顶正在悟道的师太本人，满脸都是杀气腾腾的“生人勿近，挡我者死”，面对着她走过去，可能都会分分钟被那股肃杀逼得后牙槽一冷，抽着气掉头走开。

偏偏她还是个路痴。

她在这个并不算大的小镇高中里从南走到北，又从东走到西。

直到日头西沉的傍晚时分，她在一望无际的缠绵暮色里低头看了一眼手机地图，又漠然抬起眼四下看了看，才分外淡定地发现，自己还没找到校门。

她走到一棵青葱嫩绿的小树下，开始像从前一样，等下课铃响。然后她就能跟在那些拥向校门口的学生身后，顺利出去了。

暮春的黄昏里尽是清风、阳光和草木混合的温暖气味，她站在一小处树荫下，深深吸了一口气，静静地等待那道放学的铃声。

就在这个时候，在她的意料之外，另一道声音响了起来。

“嘿！”不远处一个穿着校服的男生冲她友好地喊了一声，“没事吧？”

月升有些惊讶地看着他在晚风里非常悠闲地走了过来。这个男生之前一直都在一排阴凉下的长石台上坐着看书，她像没头苍蝇一样乱走的时候看到过他。

“没事。”她的声音不甜也不细，和她的长相完全不搭，沉闷而迟钝，“怎么？”

男生有着小麦色的健康肤色和又大又黑的眼睛，双眼皮很深，但他的脸色有些憔悴，好像还没睡醒。他仔细瞧了瞧月升的神情，忽然觉得有点莫名的熟悉。他笑着说道：“我叫林初阳，交个朋友吧？”

他的手伸出半天，发现对方并没有对他的热情好客有所表示。她只是毫无兴趣地点了点头：“嗯，我叫熊月升。”

林初阳的眼睛睁大了一点，脸上满是惊讶。

他徒劳地忍了半天，终于笑出了声。

也不知道他是觉得什么东西这么有趣。

月升面无表情地看着他在自己面前痛苦地笑了一会儿，一只手捂住了肚子，另一只手又抬起来无力地摆了摆，还不忘打了个招呼：“幸会幸会，这位……熊姑娘。”

她乱走了一下午，早就饿得愤怒极了，闻言不由得冷冷打量了他一眼，腹诽着：你才熊，你全家都熊。

这个男生是那种非常干净阳光的少年长相，肤色偏深，浓眉大眼，笑起来的时候格外有一种说不出的青春朝气。可惜熊姑娘本人此刻正饿着，任凭他长得怎么帅气，她都只能强行压抑自己把这个人暴打一顿生吞活剥的念头，一低头闷声道："没事，走吧。"

林初阳对眼前这个女生内心暴躁凶狠的念头一无所知，看她一低头，还以为她是不好意思了，忙一个悬崖勒马收住了嘴，好意地往她身侧指了指："你看那棵树。"

"就那棵，特别歪的，你朝着它走，到了前面右拐，走到第一个路口不要犹豫，向里直走进去——"他的声音和他本人一样，十分慵懒而不靠谱，"然后，趁大铁门不注意，你一个小跑，就能出去了。"

他说完，心满意足地冲这个很不面善的女生笑了："不用客气，这都是我应该做的。"

林初阳本来因为不舒服翘了体育课，结果他在树荫下坐了半下午，史铁生的书是一页没看进去，倒是眼瞅着这个姑娘面无波澜地横冲直撞，在他面前晃悠了好几回。

越看，她的神情里越有一种胸有成竹的笃定。

然后，他第三次从根本没翻动的书页里抬起头，发现这个一脸高深莫测的姑娘一声不吭又绕了回来……

熊月升听他指完路，恍然大悟般轻轻"哦"了一声，转身就要走。

悠扬的下课铃终于响了起来，在拖长的音乐里，月升在暮色中一个转身，光线正好在她脸侧扫出一个漆黑的剪影，看得他愣了一下，下意识地张口喊了句：“等等。”

“又怎么了？”

熊月升这么一回头，刚才爬上他心头的那阵熟悉感忽然就又消失了。会不会只是认错了？初阳愣住的表情转眼就毫无痕迹地转换为嬉皮笑脸，他笑着一偏头，冲她身后的某个方向懒懒地喊道：“芒芒——”

月升顺着他的目光回头看去，在从教学楼里拥出的人群里，准确地看到了那个非常显眼的“芒芒”。

她一头整齐利落的短发，巴掌小脸，眼睛像猫一样圆溜溜的，脖子上还戴着一条眼球图案的装饰颈带。这个色彩缤纷的人闻声回眸，“三只眼睛”一起瞪向初阳：“干吗？”

林初阳的声音不徐不疾，仔细听听还有一丝欠揍的幸灾乐祸：“你带她出去——”

这个芒芒居然一点也不觉得惊讶，她“哦”了一声，非常自来熟地上前拉住了月升的手。她的手很柔软，眼珠灵动地转了转：“我们走吧。”

“对了，对了，我叫何芒。”何芒拍了一下头，看了眼她的校牌，“月升是吧？哎，你别理他，他就这样儿。”

就在月升蒙蒙地对元嘉镇人的热情好客感到惊疑不定时，何芒爽快地来了句：“我哥是不是欺负你来着？不用顾虑，回头我们打他就行。”

原来是家族美德。

月升被何芒轻轻拉着，顺利地在鱼群一样流动的学生中穿行。她回头下意识地看了一眼，刚才那人已经在熙攘的人群中消失了。

他叫林初阳对吧？月升默念了一遍这个名字，心想，我记住了。

月升被何芒带出校园后没多久，就稀里糊涂地跟她走到了另一条路上。没过多久，月升就意识到，何芒这是在光天化日下尾随一个人，而她又被林初阳塞给了尾随途中图谋不轨的何芒。

于是……被丢到贼船上的月升一脸冷静，默默地跟着何芒一起划起了桨。

船还差点翻了。

何芒把歪出去的半颗脑袋收了回来，手放在胸口长长地舒了口气："还好，还好，他没看到。"

"这个人是……"

"月升，我跟你说，我和他特别合适。"何芒一脸笃定地补充，"我去算过星象了。"

月升没有太大的表情波动，只"哦"了一声。

只有她自己知道，她现在唯一的念头就是，要是认识路就好了……

"你是处女座吧？"重新踏上尾随之路的何芒边走边和月升小声神神道道地说，"我哥是金牛座，你们俩肯定合得来。"

路两旁的行道树高大挺拔，何芒的目光在前面那个背影上停留了一阵，有点得意地笑了：“他是天秤座，我和他绝配。”

“我抽过塔罗牌，我哥的朋友里头有个贵人，所以他一直都挺乐意交朋友的，你别觉得意外。”何芒顿了顿，小心地指了指前方，“而他有个有缘人。”

没等月升给她什么反应，她就自言自语起来：“我希望我就是那个有缘人。”

月升有点冷漠地点了点头，刚想说句“那一会儿麻烦你告诉我镇医院该怎么走”，身侧的何芒忽然飞快地往旁边的一棵树后一躲。

何芒瘦而灵活，好像一只猫，恰到好处地蜷缩在了树的后面。

月升迟钝地抬起头，看到她们前面的那个男生不知什么时候转过了身，正静静地看着她。

日薄西山，晚风清冷，黄昏的暮色里飘扬着人们结束一天工作后的懒散倦怠，光线看起来都是沉甸甸的。

而在月升面前的这个男生，一言不发地站在一束斜照的余晖下，光芒从他身后穿过时，正好把他的发梢涂抹得金灿灿明晃晃，模糊了他的长相。

月升面沉似水、波澜不惊，眼睁睁地盯着那个人似乎犹疑了一下，迈着步子朝自己走了过来。

她有些慌乱而又一脸正经地抬起头，看清了这个人的脸。

这个男生有一种病态的白，眼尾处和她一样温柔地拐了个弯，不过他眼尾拐弯的弧度稍大些，眼睛尽头的线条比她更向上扬，挑出一双清澈明亮的朗目。

他的眉眼都是湿漉漉的漆黑，右眼角有一颗痣，眼神柔和，看起来非常不像一个会和她当街动手的人。

月升暗暗松了一口气，把自己口袋里悄悄握着笔的手指松了松，她注意到那个男生非常小心仔细地看了自己一眼。

两人站得很近，月升在那一小段的寂静中几乎怀疑自己听到了躲在一旁树后头何芒打小鼓一样的心跳声。

她佯装一脸镇定地张了口："不好意思，请问你知道镇医院怎么走吗？"

老树后头的何芒两只眼珠外加脖子上的装饰眼珠子一起落了地。

她说什么？

男生怔了一下，转眼轻轻摇着头笑了："就在前面不远的地方。"他侧过身子给她指路的时候，正好看到脸已经红透的何芒。

男生友善地冲何芒微微点了下头，接着非常淡定地继续给月升指路道："你看到那家甜品店了吗？走过它之后，一直往前，第一个路口左转，一直走到下一个路口，再往左走几步就是了。"

他的声音很温和，比林初阳那个慢腾腾的家伙细心不知多少倍。何芒的"三只眼睛"都在放光，小心翼翼地瞅着那个人迎着夕阳闪闪发光的面孔。

男生说完，又确定了一遍月升的确记住了，这才低头从身后的黑色双肩包里摸出两颗奶糖，轻轻放到了她的手里。

“你脸色不太好，是不舒服吗？低血糖的话，吃这个会好一点。”

月升看着他那双好像深得能把人吸进去的眼睛，迟缓而生硬地摇了摇头：“谢谢你。”

那是她第一次见到杨亦萧。

在回去的路上，月升的手里攥着那两颗糖，觉得自己快被何芒身上冒出来的粉红气泡淹没了。

何芒的小脸红成一颗熟透了的苹果，眼睛晶亮，一只手拼命朝脸扇着风，另一只手背则贴在热热的额头上降温。

就算这么双管齐下，月升还是觉得，眼前这个小姑娘要被自己的满腔热情烧着了。

“月升你看到没有？”她的声音里洋溢着掩不住的欢乐，“他也太好看了吧。”

还没等对方回答，何芒已经自顾自地圆了话：“我不管，我不管，他最好了。”

“月升你知道吗，我算过塔罗和星象了，我和他特别合得来。”她的眼里全是星星，嘿嘿地笑了两声，“一看你的面相，我就知道我们俩也合得来。”

月升一时之间哭笑不得，只好讳莫如深地点点头：“嗯，合。”

她其实觉得这种感情很神奇，何芒是怎么做到这样全心全意地喜欢一个人的呢?

和何芒完全相反，在月升眼里，爱并不是必需品，它是奢侈品，没有也能活得很好。她的内心十分理性，以至于老是显得异常冷漠，就连迷着路也是一脸高深莫测。

何芒自然而然地凑过来挽住了她的手臂，亲昵地把还在发烫的小脸蹭了上来："我们走。"

她半挂在月升身上，像一只皮毛油光水滑的小猫正在撒娇："我们向镇医院出发吧！"

月升浑身僵硬，睁大了眼睛，愣愣地被何芒带着往前走。她默默想着，这里和从前的一切都不一样。

日头西沉，她们踏着一地昏黄和树影往前摇摇晃晃兴高采烈地走着。

柔和的光线中，短头发的那个一直都在笑，而被她搂着的长发女生则安静得多，在旁边活泼的那个衬托下，这个姑娘怎么看怎么像分分钟会从身后抽出一根洁白的拂尘来。

如果顶住那些兜不住而外露的凶光仔细看看，就会发现她的嘴角小心地抬了抬，面部肌肉的动作非常小，堪比蒙娜丽莎那个若有似无的谜之微笑。

月升的父母都是医生，待在手术室的时间比待在家多。月升在很小的时候就学会了怎么在半夜穿过空而漆黑的客厅去卫生间，怎么坐公交车去医院食堂吃饭，怎么把母亲的名字完美地签在数学试卷上的九十二分旁边。

从小情感和陪伴的缺失并没有让她成长为一个愤世嫉俗的人，她反而因此变得像流水一样，疏离冷清、清澈无色，有力而安静地自己流淌着。

独立、冷静，还有些怪异，她曾经以为所有在这种家庭中长大的孩子都是这样，直到她被一路欢笑的何芒半拖着走进镇医院的大门，看清了墙上那五个显眼的大字——

院长何建邦。

现在看来……是她多想了。

何芒沉浸于刚才那阵命中注定般的对视里，好像一只分外热情五彩斑斓的鸟，挽着一座不苟言笑的冰山，一头撞进了这个安静而有些肃杀的地方。

各色羽毛翩翩飘落，看着热闹无比。

只有冰山本人知道，她要被旁边这个人身上炽热的温度融化了。

“儿科在这边——”何芒像之后的每一天一样，拉着月升在医院里精准地来回穿行，并在成功把她投放到儿科值班室的门口后，一笑转身，深藏功与名。

医院里消毒水的味道清冷且熟悉，月升坐在空着的那把椅子上像往常一样等舅妈。空气里飘浮着的气息静悄悄地萦绕在她的鼻尖，不远处小孩子的哭闹声和父母安抚的声音一起模模糊糊地传过来。

值班室里只有她和另一个小护士，那个小护士应该是上了一整天的班，累得趴在她对面睡着了。

明晃晃的灯光下，小护士的后背轻微地一起一伏，长长的睫毛在眼下扫出一小片阴影，睡得小心翼翼，又心满意足。

“是这里了。”月升感受着周身这片亲切无比的冰冷，垂了垂眼。

“重新开始的地方。”

没过几天，月升就已经大概熟悉了学校和医院的位置和方向，并试图在热情过头的何芒拉她经过的时候，不动声色地记一记路。

然后，她就发现……自己最熟悉的，就是每天放学后和何芒一起尾随别人的那条。

日落黄昏、树影轻摇，一只红着脸的“大壁虎”半拖半拽着另一只，就这么明目张胆地在那个人身后远远跟着。

她们是一个班的，每天清晨在医院门口会合，一起去上学；放学时再张牙舞爪地经过那个甜品店，绕远路回到医院，一起吃个饭。

上学、吃饭、找路、尾随，月升在元嘉镇的新生活平淡又充实。

就在她以为一切都尘埃落定的时候，有个人身体力行、义无反顾地横路扑倒在她面前，告诉她又多想了。

那是四月底的一天，月升本打算照例和何芒一起路过隔壁班，远远偷看那个人一眼，再结伴经过体育场走向食堂，却看到何芒对着一盘红烧茄子傻笑。

事情发生在她们去食堂的路上，今天何芒意外地没有看到那个男生，走起路来也就魂不守舍、心不在焉。就在她们慢吞吞地路过体育场的时候，正好有一个篮球猛地从斜上方飞了过来。

而何芒……她的全部心思大概都在一会儿去哪里找杨亦萧上。

就在那个球差一点就砸到何芒的时候，月升眼疾手快，猛地一伸手把它拦截了。

她有些意外地端着这个从天而降的球，微微一皱眉头，正午的光都跟着唰地降了两度。

道路中央摇晃着挺拔的行道树投下来的斑驳光影，初夏的日头把那些柔软嫩绿的叶片逐渐炙烤成深色，空气里飘浮着若隐若现的热浪和烘烤绿植的清香。

从叶片和枝条缝隙中漏下的光让月升的脸看起来阴晴不定，她阴沉的眼神与那个跑出来捡球的男生一言不发地相接，对方顿时被吓得结巴了起来："那那……那个——不……不好意思，没没……没打着你吧？"

那个瘦高的男生隔着半条路，很尴尬地挠了挠后脑勺。

就在他觑着月升的脸色犹豫着要不要走过去的时候，他的身后忽然响起一片嘈杂的声音。

男生惊讶地回头看了一眼，就匆匆跑了回去。

月升抱着篮球不明所以，偏头一看，发现很多人开始冲着篮球场中心聚集。她眯了眯眼，看到隔壁班虎背熊腰的班长老吴已经带头喊了起来："快叫医务室的医生来！"

她对那儿发生的事情并没有什么兴趣，只想赶紧把球还了吃饭去，于是回头嘱咐何芒站着别动，自己穿过小路想把球随便找个地方放好。

但她显然低估了元嘉镇居民的热情程度，刚走两步她就被汹涌的人潮推得出不来了。随着那阵嘈杂的声音越来越大，来帮忙的和来看热闹的学生也越来越多，她怀里抱着个脏兮兮的篮球，被挤在人堆里大头苍蝇似的顺着人流乱撞。

月升松松扎起的头发被挤散了，她还没吃午饭，低血糖导致的头昏脑涨令她怒火中烧，使劲往前面空着的一块地方一踩，周围瞬间空旷了起来。

她迟疑着抬起眼，发现自己不知怎的已经挤到了篮球场中间。

出去的方向到底在哪里啊……表情波澜不惊的她在心里默默念叨了一句，苍天。

篮球场被凑过来的学生们里里外外地围了起来，中心那一小块地方也被人围成了不大不小的一个小圆圈，莫名其妙挤进去的月升一脸镇静，悄悄低头放下篮球，转身要走。

然后，她就发现自己想多了。

看着那些乌泱泱的青少年用身躯围成的壮观人墙，她微不可察地轻叹了一口气，从容不迫地转过身来。

她无所事事地往后站了站，眼睛在飘过事件中心的那几个人影时，不由自主地眯了眯。

为首的老吴正蹲在地上给半躺着的一个男生用力扇风，旁边的地上狼狈地坐着一个昂着头止鼻血的家伙，刚才那个结巴小哥手忙脚乱地正在给流鼻血的家伙递纸。

由于老吴的体形过于庞大，他挥舞着手扇风的样子怎么看怎么像一头摇晃癫狂的大熊。月升“嘶”了一口气，平静地说：“让他平躺。”

老吴正慌里慌张地想给人喂点水，就听到一个熟悉又有点陌生的女声。他有些困惑地一回头，发现那个新转来的女生不知道什么时候站在了他身后，声音冰冷，整个人在正午的阳光下像没关紧的冰箱门一样嗖嗖冒着冷气。

她淡漠地看了他一眼，语气十分肯定地重复道：“让他平躺。”

老吴愣了一下，拧瓶盖的动作停在半路，僵硬地抬头问了句：“然后呢？”

月升一俯身，毫不费力地把水瓶从他的手里夺了过来：“阻止你呛死他。”

她轻车熟路地在晕倒在地的那人身前蹲下，仔细看了看他胸口的起伏，又趴下去听了听心跳声。

不像中暑，看着不是癫痫，也没有明显的外伤……

心脏病？中风？不对……她飞快地排除了各种可能，是低血糖吗？

她头也没抬就皱眉问道：“怎么回事？”

见对方呆呆的没反应，月升怒道：“问你话呢！”

“啊——”老吴忙点了点头，言辞恳切，“好像是……是刚才那个球一个没兜住，先砸着二白又弹起来……嗯……飞到了你那边……然后他就倒了。医务室医生还没来，怎么办，要不要人工呼吸啊？”

“人工呼吸你会吗？”月升的心头涌上一股无名火，她已经察觉到汹涌而来的饥饿感在一顿一顿地拉扯着自己的神经了。

看到对方脸一白，她只好耐着性子，尽力温柔地说道：“你过来给他挡挡光。”

老吴舌头磕绊地应了两声，笨拙地往前快走了两步，蹲下用自己的影子盖住了那个人的脸。

是晕血。

月升抬眼，伸手扯下了老吴头上湿淋淋的发带，用那瓶水冲了冲发带又拧干，低头轻轻擦拭晕血那人的脖颈和太阳穴，最后重新倒上水浸湿，拧了拧就要往他的额头上放。

然后，她的动作僵在了半路。

刚才她一直都在忙着排除病因和阻止一个想把晕血那人晃死的神通，都没有注意看他的脸。

晕血那人大概是躺了半天缓过来了，在她的手停在半空的那一瞬，眨着眼睛醒了过来。

“哟——”他的声音有气无力，但语调可疑，非常欠打，“这不是……熊姑娘吗？”

月升的手没忍住一抖，那条湿嗒嗒的发带随即“啪”的一声拍在了他的脑门中央。

听动静好像一条鱼被干脆利落地拍死在了案板上。

她的血糖真和她的人生一样难以掌控。

躺在地上的林初阳虚弱地笑了笑：“这真是……人生何

处……”

“不相逢！不相逢！”看到他说得费力，老吴忙帮他补上了后半句。

不相逢不相逢，月升心里呵呵一声，别扭地转过了脸。

快别相逢了。

林初阳睁开眼睛的时候，正好看到自己身前那个背着光的漂亮剪影。

发梢、肩膀、下巴，还有伸到眼前的冰凉的指尖。

她的头发披散下来，和影子融成漆黑一片，他费力地眨了眨眼，才大概看到了这个姑娘的脸。

好看却老耷拉着的眼睛，目光里头全是冰碴子，略微下垂的嘴角……怎么好像有点眼熟呢？

他迟疑着张口询问的那一瞬间，那个女生把手里的发带“啪叽”一声丢在了他脑门上，激得他浑身一哆嗦。

好家伙，这下他想起来是谁了。

在扶着林初阳去医务室的路上，月升的内心是拒绝的。

人既然已经醒了，她先是分外嫌弃地扭头想走，紧接着就发现何芒不知道什么时候已经离开了。

她怒从心头起，饿向胆边生（她是真饿了），板着脸一回头，从地上晃晃悠悠爬起来的林初阳却很自来熟地凑到她跟前，压低声音道：“别走别走，我有点晕。”

他转过头，一脸无所谓地冲老吴喊了声“没事，你们继续”，然后在他们略显担忧的眼神里干笑了两声，表示这位路见不平拔刀相助的女中豪杰会送他去医务室。

还不等这位女侠义正词严地拒绝，他已经自作主张往旁边一瘫，被月升非常不情愿地一把扶住了。

“前边，对，过了那个路口，朝北走。”浓烈的日光被层层叠叠的叶片枝条拦截在外，满地碎瓷纹一样的树荫里，月升的手里拖拽着走得歪歪扭扭的林初阳，面沉似水，找不着北。

“这位熊姑娘，我说，”林初阳被她搀扶着原地绕了一个圈儿以后头晕眼花，赶紧十分诚恳地补充道，“不如……不如我们右拐吧？”

月升自己也找不到去食堂的路，就算丢下他也不知道该往哪儿去，只好无可奈何地好人做到底。

送佛……不过，西在哪里？

这人眼里估计全是乱飞的金色大头苍蝇，眼神可疑，神志更可疑。

一个晕头，一个转向，两人算是彻底迷失在这条去往医务室的不归路上了。

林初阳要她帮忙送自己一程的时候言辞恳切，表示这样既节能减排，又强身健体，是项益寿延年、利人利己的差事。

别的好处有没有，月升不知道，当第二次绕到同一个路口的时候，她心里暗忖道，反正强身健体是没跑了。

“没看出来，你还有这么一手，救我一命都这么利索，”林初阳对这个迷路都能如此镇定的女生产生了极大的兴趣，他的眼里模模糊糊，睁眼瞎一样对着一旁的空气说起了话，“专业的啊？”

“从美剧里看来的。”月升闷声扶着这个不知道往哪儿看的人，一垂眼，经过路口默默转向了右边，“《实习医生格蕾》。”

“救命之恩，当以身……”林初阳说到这里大喘了口气，“相许。”

月升敛神看了他一眼：“信不信我把你扔在这里。”

其实她自己也知道，真要撒手，到时候指不定是谁把谁扔这儿了。

“别生气，别生气，既然你不愿意——”这个晕乎乎的人转眼就活络无比地换了个说法，“不如我们就此义结金兰，结为兄弟。”

没等月升松手，他已经郑重其事地冲着空气低了低头：“大哥好。”

月升难得不淡定地睁大了眼睛，眼睁睁瞅着他拉着自己的手又冲着路旁的一棵树鞠了个躬：“苍天在上，我林初阳从此是熊……熊大哥的人了，我们二人有福同享，有难同当……哎……大哥你别走啊。”

没吃饭就算了，找不着北也还在意料之内，但被人拉去一言不合就拜了个把子……她这趟路迷得也算很别致了。

月升的胃恼人地扭曲着，神经跟着狠狠地扯了一下。为了强行压制住自己把这个人暴打一顿的念头，她忙用另一只手从口袋里摸出了一颗奶糖，用牙齿咬开，一言不发地塞到了嘴里。

“大哥你笑笑嘛，别老哭丧着脸，会长皱纹的。”林初阳好像做什么事都是慢吞吞的，本来月升就是个淡定的人，又有他拖着后腿，两人迷起路来简直不要太悠闲。走到后头林初阳的精神都恢复了些，开始慢悠悠地扯一些闲话了。

我也不想整天耷拉着脸，但是装作开心真的太累了。

这句话在月升的心头静悄悄地翻涌一瞬，又无声无息地静了下来。

她的脸上没有一点破绽，冷冷地瞥了他一眼：“有什么可高兴的。”

“大哥，你等着。”林初阳像公益广告里甩开拐杖的男人一样豪迈地松开了她的手，摇晃着走了几步，顺利地在路旁的一片小灌木丛里，摘了一朵小花，“送给你。”

“这下开心了吧？”这个睁眼瞎定定地看着月升的耳朵，语调一本正经。

“校长会打你的。”月升默默瞅了瞅这朵可怜兮兮的小花，薄薄的花瓣，粉嫩的颜色，看着是挺人畜无害……但它是在校长精心浇灌的小花丛里被无情掐断的。

“别担心，”初阳满不在乎地笑了笑，“老王不舍得打我这样的栋梁之材。”

醒醒……谁担心你了倒是。

“说出来不怕大哥你吓着，我可是我们学校田径队的门面担当。”

哪路运动员扑街能扑成这样？月升上上下下看了他几眼，真诚地说：“看不出来。”

林初阳“啧”了一声：“我可是全面发展的选手，祖国的大好未来都寄托在我身上。”

月升表面上“哦”了一声，心里头想的却是，国家的未来不能交到他手里。

就在初阳专心致志地和她迷失在寻找医务室的路上时，他们眼前忽然晃出了一个颇为熟悉的身影。

看吨位……是老吴？

“阿祖——”林初阳愣了一瞬，拼尽全力喊了一句，不过因为他没什么力气，这两个字喊得也就格外沙哑而惊悚，任凭他旁边的熊月升怎么超出三界外不在五行中，也被瘆得下意识用力一捏他的胳膊，一脸参破红尘似的站住了。

那人正是刚才那个让她联想到癫狂大熊的老吴。

这位老吴本名其实叫吴祖，在元嘉十一中颇有声望，与另一位吴姓著名阿祖不同，他看体形就有一种岿然不动、安如泰山的稳重。

走近了，再仔细瞅瞅。

一看这个外在，就知道有内在。

“真是人生何处——”

“不相逢！不相逢！”老吴一脸惊异地瞧着他们，“你们不是去医务室吗？还是你们脚程快，这就回来了？”

林初阳呵呵一声，一歪头露出了他招牌式的笑容：“没呢没呢，忙不忙啊阿祖，不忙带带我们行不行？”

月升倚在医务室的门框上，一言不发地垂着眼。

林初阳自从进去躺下就开始和她畅想起了未来，听得她太阳穴突突一阵轻跳。月升深吸了一口气，赶忙低头把另一颗救了他们两条命的糖掏了出来。

她的腮帮子高高鼓起一块，瞬间心平气和下来，四下无聊地瞥了几眼。

就这么一瞅，她就准确地看到另一个房间门口趴着个十分显眼的后脑勺。

“芒芒？”月升愣了一下，看到何芒同样惊讶地回头，同时小心地“嘘”了一声，左顾右盼地向她招了招手。

“哎？这就走了？大哥再见！大哥再见！”

听着房间里林初阳的声音，月升莫名其妙地想起了那句“人生何处不相逢”，同时面无表情地含着糖冲何芒走了过去，低声问道：“你来这里——”

话没说完，她就停住了。

顺着何芒窥视的目光望过去，她看到了这间医务室里那个熟悉到不能再熟悉的背影。

杨亦萧？

她微微皱了皱眉，他怎么也在这里？

Ke'ai Fenmi Yiban

第二章
白杨亦萧萧

梦里她又在窥视着那扇小门。

贴着墙边，透过门缝小心往里看，那个眼角有一颗痣的男生老老实实坐在迎着门的那把椅子上。正午浓烈透亮的阳光毫不费力地挑开帘子落在他的身上，让他的皮肤像吸血鬼一样白得发光，耳郭几近透明。

他微垂着头，一言不发地听着桌对面的医生重复着相同的话，光线耀眼，看不清他的表情。

月升的呼吸沉重起来，她看到屋里那个人的头发忽然变长，眼角的痣在光线中迅速消失。

她屏住呼吸，惊讶地认出了那个穿着蓝白条纹病号服的人是自己。

桌子对面穿白大褂烫着卷发的女人面孔模糊，正细声细语地问她一些无关紧要的话，椅子上坐着的那个她低头垂着眼，右手轻轻捂着缠绕绷带的左手腕。

躲在门外的月升有了一种奇异的感觉，她觉得自己的视角好像和桌子后穿病号服的那个她瞬间重合。

她一抬头，冷冷说道："我不会再这么做了，别说了，让我走吧。"

穿白大褂的女人惊讶地望向她。她闷声站起来，越过这个刻意温柔的女人，一步步向门口走了过去。门后的月升心脏一阵似鼓点般密集的狂跳，躲避不及，然而穿病号服的那个月升好像完全没有看到她，漠然用没缠绷带的那只手一把拉开了门。

“吱呀”一声，门后出现了一间熟悉的教室。

月升有些惊讶地站在这间教室门口，屋里正在上语文课，她看到自己歪枕在一条胳膊上，盯着课本上史铁生的那张和蔼亲切的笑脸发呆。

冬日午后的阳光透过玻璃窗斜落在她的发梢和肩头，带去一片微弱的暖意。

老师正在指着黑板讲《我与地坛》，前排的学生们低头飞快地记着笔记，角落里的几个女生在偷笑着传小字条，靠窗的胖哥用一双聚光的小眼睛小心翼翼地瞅着老师的方向，趁女老师一侧头，立马把桌洞里的绿豆糕塞进了嘴里。

月升恹恹地盯着摊开的那页课本，史铁生正对着她静静地微笑。

没人看出他难过得要死，她想，这真要命。

她的眼神慢慢向上，注意到了门口的人 。

班主任和她的目光交接一瞬，对正在讲课的李老师招了招手。他的眼神有些复杂，边小声说话边不放心地下意识看向她。

她心里涌上一股慌怯，莫名其妙地抬起头，听到李老师有些为难地叫了她一声“月升”。她沉着脸努力压抑住狂跳的心，经过女生们嬉笑投掷的小字条，经过吃得衣襟上满是白色碎屑的胖哥，经过笔尖动得飞快的班长，走出了门。

她不为人知地怀着隐秘而巨大的恐慌，面上冷静地问道：“怎么了？”

班主任的眼神里是刚才那阵犹疑的为难，同时掺了些同情进去，他压低声拍了拍她的肩膀："月升你听我说，你父母今天回国的航班……"

后面的话，她听不清了。

一直躲在门后的月升看到另一个自己沉默了一阵，忽然丢下站在原地的班主任跑了起来。

她长长的头发朝后飞舞，瞬间拉长的走廊里落满刺眼的光。月升下意识地跟着那个头也不回的自己一起跑，走廊太长了，好像怎么都到不了尽头，边缘锋利的光影有着中世纪油画一样的质感，她一边跟着跑一边心下一慌，又来了，她想。

从尽头处穿过来的金光把整条走廊都涂抹成危险的金色，她一路追着这道没有边际的光，好像随时都会消融在其中。

月升跑得大口喘息，她停不下来，但十分镇定。

这不是第一次发生了。

她放慢步子跟在另一个自己身后，镇定而冷静地大口呼吸，等待自己从这个缠着她不放的梦里醒过来。

三个月了。

不论是梦里，还是现实中，她总是在迷路。

对于元嘉十一中三班的老师同学们来说，熊月升这个新同学大多数时间看着都凶巴巴的。

明明是个还挺好看的小姑娘，却有一双在凶神恶煞和看破红尘间来回切换的眼，以至于所有人都对她下意识地敬而远之。谁也不知道，她老挂着一副冷冷的表情，除了因为“中二”病，还有一个重要的原因是睡得不好，一直都没什么精神。

月升在一夜没有停歇的奔跑中猛然清醒过来，挣脱了那条无尽的走廊。

刚刚五月初，熹微的日光落在她身上已经满是初夏的暖意。她一言不发地盯了一会儿天花板，起床穿衣洗漱，背上书包走到街口的早餐店里吃早饭。

舅舅和舅妈都在镇医院任职，她起床的时候一般是见不着人的。她在一个全然陌生的地方独自一人，这样也好，不用强打精神应付亲戚朋友那些关切到让她害怕的眼神，不用装作自己一切都好，随便怎么哭丧着脸都行，这样小小的自由让她觉得无比安心。

在热闹的早餐店里，各色人群来来往往，成群结伴的学生和准备上班的小职员们有说有笑地走进来，边咬着油条大饼，边谈论一些生活中有趣的事。

她独自一人坐在窗边的位置，刚低头喝了口热豆浆，窗外就响起了一声满是惊喜的“大哥”。

月升的动作顿了一下，随即努力仰起头，面无表情地大口把豆浆喝完。林初阳大概自带那句“人生何处不相逢”的设定，这几天老是能莫名其妙地碰见她。就算两人只是在下课时擦肩而过，他也会飞快地来一遍字正腔圆的“大哥好，大哥再见”，使路过的女生们纷纷投来疑惑但赞同的目光，看得她非常不自在。

林初阳兴冲冲地对她招了招手，转身就跑了进来。

他端着一盘热腾腾的包子刚在桌边坐下，旁边的月升就把空纸杯往桌子上一放，站起来转身就走。

林初阳“哎”了一声，抓起两个包子快步跟了上去。

此时清晨的雾气已经散尽，行道树下有几只肥胖的喜鹊正在悠闲地跳着脚，漆黑的尾羽在饱满的光线里透着几抹绿幽幽的光。

它们困惑地歪了歪头，似乎感觉到有人正在接近，惊叫着扑棱着翅膀哗啦啦地飞了起来。

平常干什么都慢一拍的林初阳奇迹般地跟上了闷头快走的月升，又惊异地看到她准确地摸到了一个路口之外的镇医院门口。

还有比这更让他感觉神奇的。

在看到医院门口左顾右盼的那个人时，林初阳手里抓的包子一松直直往下落。

然后一旁的月升飞快地伸手一接，一言不发地将包子塞回了他手里。

那个让人觉得眼花缭乱的小姑娘闻声转过三只睁大的眼睛，先是看了看那袋命途多舛的肉包，又看了看和她一样不知所措的林初阳，组织了半天语言，才惊讶地问道：“哥你干吗呢？”

林初阳手里举着包子，呵呵地笑了：“芒芒，这……是我大哥，介绍你认识一下？”

经过那条别扭无比、尴尬异常的上学路之后，林初阳痛定思痛，很快就发现了更简单有效的另一个办法。别看他平时动作慢吞吞的，脑子居然转得还挺快。

于是一天傍晚放学，月升照常跟着何芒在路口一拐，心照不宣地跟上前面那个人时……怎么看到好像前头多了个人？

何芒“嘶”了一口气，眼睁睁看着前面那个熟悉无比的身影紧挨着杨亦萧，非常不厚道地冲她们做了个招牌性的“雨刮器招手”。

月升一低头：“芒芒，我们走。”

“不不不……”何芒恳求地抓着她的手，眼里是瞬间闪过的犹疑和莫大的决心，声音里透出些许慌张，“我们不走不走。”

她像一只小猫，坚持地可怜巴巴地望着月升。

月升轻轻叹了口气，刚一点头，何芒转眼就喜笑颜开，亲昵地挽上她的胳膊：“月升最好了。”

这个格外少见的大型尾随计划在第一天就宣告失败，她们先是看到前头的两人在甜品店门口停了一下，刚一个急刹放慢脚步，杨亦萧已经回头望了过来。

他若有所思地盯着这两个鬼鬼祟祟的人，皮肤在暮光里有一种格外发暗的白。他想了想，对她们问道：“要不要来店里坐一下？”

甜品店里拉着漂亮的布艺窗帘挡光，柜台和墙上的架子上错落有致地摆放着很多小小的盆栽，灯光亮而温柔，像一层薄纱轻轻覆在玻璃橱窗上。

店里弥漫的甜蜜气味让月升立刻平静下来，她跟着惊喜无比的何芒在靠墙的一张桌子旁坐下，专心地闻起这股好闻的香气来。

他们刚坐下没多久，柜台里的女人就端出来一盘小点心轻轻搁在桌上。那个女人四十多岁，保养得非常好，只有眼角有细碎的皱纹，而那双眼睛却又非常清澈明亮，眼尾处挑起一道好看的弧度，这点小小的瑕疵也就显得微不足道，好像美玉上一个极不起眼的磕碰。

她的相貌和杨亦萧有七八分相似，低头对他们微微抿嘴笑了笑表示欢迎，就回到柜台后的烘焙屋去了。

林初阳小心地瞅着月升，试探着大哥长大哥短地叫她；月升则专注地盯着桌子上的四个小蛋糕试图分散注意力，强行忽视这个热情过头的小弟未果，又被他的声音烦得血糖一阵自由落体，忙低头大口狂吃了起来；何芒心满意足地用一只手撑着下巴，认真而温柔地凝视着对面的杨亦萧；而杨亦萧……看着斜对面闷头怒吃蛋糕的月升，一言不发地把自己面前的那份推了过去。

这场灾难般的大型尾随，莫名其妙地在灯光明亮的甜品店里结束。

因为怕自己控制不住把林初阳拍飞，月升全程狂吃，等回过神来的时候才发现剩下的三人都十分自觉地把自己的那份小蛋糕推给了她。

窗外传来隐约的蝉鸣和蟋蟀叫声，路旁高大的行道树在晚风里飒飒地抖着深绿的叶片，杨亦萧把这三个蹭吃蹭喝的跟屁虫送到门口，在何芒闪闪发亮的沉醉眼神里轻声叫住了月升：“血糖控制不好的话，最好还是不要吃这么多糖，平时要注意一下饮食。”

月升那张老是看起来哭丧的脸惊讶了一瞬，接着垂下眼嘟囔道：“我都知道，我会看食物的GI值（升糖指数）和GL值（血糖生成指数），也知道每天的糖分推荐摄取量。”

但那又怎样呢。

这句话她掂量了一下，没说出口。她其实都知道，只是不觉得这有什么必要。

父母那么注意健康问题，还不是……

“你也低血糖吗？”月升注意到他那种白得发暗的脸色，用严肃的口吻认真说道，“我看你糖吃得不比我少，别光顾着教育我。”

杨亦萧似乎是愣了一下，转眼笑着轻轻摇了摇头：“我不一样的。”

傍晚开过这里的车稀疏得像偶尔划过的小小流星，和元嘉市里的其他中学不一样，元嘉镇里的十一中靠近郊区，地方比较偏，紧靠着一片茂密的小树林，路边的行道树挺拔翠绿，传来阵阵带着枝叶馨香的蝉鸣。

这家甜品店的光投在街边，像一叶悬着灯的小舟漂在黑夜的海上。

“送你们吧。”杨亦萧刚说完，林初阳已经单手把书包甩在肩后，漫不经心地拦截了他：“我来就行啦。”

一盏一盏路灯高悬，四散着UFO一样的光。何芒挽着月升，对林初阳这种很不厚道的行为表达了强烈的谴责和不满。林初阳“哎哎”着一一应完，冲她使了个眼色：“芒芒，我大哥在这儿看着呢，差不多得了，我可是你哥，血脉至亲啊。”

“乱讲，在生物学上我们是两个毫无关系的独立个体好吗？”何芒哼了一声，声音却带了一丝柔软。她忽然想起很久之前的一件事，对身旁一直闷头走的月升轻轻说，“月升，月升，你知道他为什么是我哥吗？”

月升一直在想杨亦萧刚才那个意味不明的笑容，没有注意到这两个人互怼了一路，闻声才回过神。她的声音没什么温度：“不是因为他是你的血脉至亲？”

何芒“扑哧”一声笑了：“月升！”

林初阳倒着走在最前面，嘿嘿地冲月升竖起了大拇指。

“不是的。”何芒五颜六色的短发在微风里飞舞，她停了一下，歪头温柔地笑了，“是因为他送我回家。”

那是很多年以前的事了。

六月一号的一个傍晚，元嘉镇第一实验小学的学生们在镇电影院后台准备儿童节汇报演出。何芒和其他所有小女孩一样，把所有的头发都绾在后脑紧紧扎成一个团子，雪白的小脸上整齐地刷着两片腮红，眼睛圆溜溜的，像漆黑的两颗葡萄。

她躲在深红色的幕布后，悄悄往观众席里看了一眼。

校长、教导主任、美术老师，还有小丽的妈妈……她的目光飞快地在这些人的面孔上落下又飞起，期待又慌怯地在人群中搜寻那个人的身影。

幕布被音乐老师一把拉上，她严肃而温柔地对何芒说：“一会儿就演出了，别乱动。”

何芒不太舍得地往幕布后的方向望了一眼，随即顺从地点了点头。

她们的节目是歌舞《种太阳》，何芒和另一个小姑娘穿着金色的蓬蓬小连衣裙，站在最前面声情并茂地领唱，剩下的小女孩们在她们身后穿着白裙子伴舞。

她和旁边的小女孩拉着手，一边照着老师说的“富含感情”地对口型，一边悄悄在台下黑压压的人群中搜寻那个人的身影。

“我有一个美丽的愿望，长大以后能播种太阳，播种一个，一个就够了……”

她的额头冒出一层薄薄的细汗，在音乐老师的注视和台下响起的掌声中鞠了躬退场。往舞台下走的时候，她的神情有些失望，差点被台阶绊倒。

和她一起唱歌的那个小女孩扶了她一把，细声细气地说：“小心点儿呀。”

何芒点了点头，和退场的女孩儿们一起回到后台。表演完的小姑娘们都很开心，七嘴八舌地讨论一会儿和爸爸妈妈一起去吃麦当劳或者回家看动画片，另一个主唱问何芒结束后要和父母去哪里庆祝，何芒心不在焉地点了点头没有回答。

“我看到我妈妈在台下拍照了！”

“我也是，我也是！我爸的手都拍红啦……”

小女孩们叽叽喳喳的声音在一声咳嗽中戛然而止，十几个梳着同样整齐的团子头、画着同样喜庆腮红的小脸一低，老老实实地排成一队跟着老师走了出去。

后门早已经等着一群不时往里张望的家长，先是其中一个瞥到了姜老师，紧接着所有人期待的目光都一齐涌向了她身后那群穿着打扮一模一样的小女孩。

深夜的光线不太好，她们又化着一样的表演妆，穿着一样的小白裙子，有几个家长倒是真没认出自家闺女是哪个。姜老师喊一个名字，家长应声，一个小女孩就从队伍里跑着跳着扑向父母的怀里，和他们一同回去。

这是级部主任的要求，为了保障学生们的安全，演出结束后必须由家长接送。何芒的名字第二个被叫出来，姜老师清清楚楚地喊了两声“何芒家长”，而等待的人群里并没有任何反应。

何芒低头盯着自己裙子上那朵金色的太阳花，一言不发地用手指揉着裙角的纱。

十几个名字很快叫完，何芒的名字第二次被轮到，姜老师的声音并没有收到任何回应。原本喧闹的队伍里只剩下她和另一个伴舞的小姑娘，她们俩可怜巴巴地站在一起，有了一种莫名的相依为命的感觉。看到那个小女孩努着嘴快哭了，何芒还拍了拍她的肩膀安慰她：“没事的，他们应该一会儿就来啦。”

后台的出口不断拥出一批又一批和她们一样表演完毕的小朋友，姜老师把她们安排在新来的队伍里，耐心地把这些孩子一个个交到他们的父母手里。

晚风已经有些冷了，她送完第三拨小孩儿，回头看了看剩在原地的何芒，忽然有点不知道该怎么办。

另一个小姑娘在第二拨人出来时被迟来的奶奶接走了，小姑娘嗔怪地喊了句“怎么这么晚呀”就冲过去一把拉住了奶奶的手，抱怨着要去吃冰激凌和汉堡。佝偻着背的老太太用小手绢擦了擦额头上的汗，堆着笑的时候挤出一脸的皱纹，她忙不迭地连声应着，被孙女跳着蹦着拉走了。

“告诉老师，你没忘记告诉家长来接吧？”姜老师捋了一把耳边的卷发，俯下身子的时候她的脸上闪过一瞬间的疲态，何芒看到了。

何芒嗫嚅道：“没有。”

“你爸爸的电话一直都没有人接，妈妈没有空吗？”她的声音有一种刻意过头的柔和，好像大部分幼师都有这种情况。

“老师，我认识路。”何芒鼓足勇气说道，“镇医院离这里很近的，过两个红绿灯再拐一下就到了。”

姜老师惊讶了一下，凝视着她的眼神转眼又职业病似的温柔起来，但她的语气是不容置疑的：“有规定的哦，必须要有家长接送。”

何芒的脸其实早就涨红了，是因为腮红才看上去不那么明显，她告诉过爸爸了，她记得，她不止一次告诉过他……

又一批表演完毕的小朋友欢天喜地地出了门，姜老师转过头继续自己的工作，而她身后低头孤零零站着的何芒则像一个犯了错被罚站的人，在那些小朋友或是好奇或是惊讶的注视中，低头阴沉着一张欲哭的脸，使劲攥着自己的裙角。

“她怎么还在呀？”

“哎，不会是没人接吧……”

“哈哈哈，真的假的呀……”

她哥本人就是这个时候闪亮登场的，这个场景将会无数次被日后何芒在想要追着他打的时候记起。

“我们可是血脉至亲啊！”抱着头的林初阳这么一喊，她就自然而然地想起了那个空气甜腻温热的傍晚。

这个蹦出来冒充她家长的人她之前只见过几面。他穿着现在看来夸张过头的主持人小礼服，浓眉大眼，小脸上和她化着差不多的腮红，他只往这边瞅了一眼，就大大方方对姜老师撒起了谎：“老师，她和我一起的，我是她哥。”

林初阳从小就长得浓眉大眼，让人挑不出毛病，性格又开朗，颇受老师们喜欢。他冲不知所措的何芒夸张地挥了挥手臂，而他漂亮的妈妈见状也对她友善地笑了笑，并对姜老师微微点了点头。

还没等姜老师同意，他已经在那些嘲笑和惊奇的声音里大步走到了何芒旁边拉起了她的手：“我们回家了。”

何芒的脸一下子又热了起来，她被这个并不熟悉的小男孩轻轻拉着，在那些滚烫的目光注视下走到那个身上香香的女人裙边。女人的笑容和姜老师那种程序化的笑容不一样，她一笑，何芒就觉得心里忽地一软，所有的故作坚强都瞬间土崩瓦解，她又由逞强的人变回了一个普普通通的小女孩。

女人踩着红色的高跟鞋，步调缓慢而优美，一手一个拉着他们转身离开了。

晚风拂过何芒发烫的脸颊，她的手紧紧攥着女人柔软温暖的手指，鼻尖萦绕着一股好闻的香水味儿，这股气息和那些腻人的花香不一样，她依恋无比，不舍得放开。

牵着母亲另一只手的林初阳冲她嬉皮笑脸地吐了吐舌头："我见过你，你是那个唱《种太阳》的……叫……叫芒芒对吧？"

"是何芒。"她迟疑了一下，小声问道，"你叫什么呢？"

路灯把林初阳的眼睛映得非常明亮，他看着她，嘿嘿地笑了："叫'哥'。"

林初阳待在医院大门旁边，用一只手潇洒地把校服甩在肩后，冷冷的灯光下他偏深色的皮肤看起来非常有光泽，像极了一匹细腻柔滑的棕色缎子。他清了清嗓子，对刚走进去的两个人说道："不用客气，这都是我应该做的。"

看到她俩并没有什么表示，点了点头就要手拉着手往里走，他着急地补充了一句："叫哥就行了。"

何芒又一次躲避不及，非常不情愿、非常敷衍地拖长嗓门儿喊了句：“哥——”

“在呢，在呢。”他心满意足地点了点头，看向一旁面孔永远沉静的月升，咧出一口白牙，“大哥再见！”

月升看着他那双殷切而诚恳的大眼睛，只好和何芒一起强行忽视他们三人错乱的辈分，无奈地点了点头。

杨亦萧一把拉开了窗帘。

骤然落进来的银色月光像发光的灰尘一样，轻轻附着在他的肩头。他的睫毛很长，轻柔的光线扫过他的眉梢，眼下的小片阴影让他的眼睛看起来更加深邃，他静静地在这片光下站了一会儿，转过身往回走。

斜照进来的明亮光线让甜品店里看起来像是被整齐地切开了，一道一道的明暗光线出现在木质的桌椅上，他经过时整个人也就变得忽明忽暗起来，瞳孔里的光像即将在风雨里熄灭的火把，摇摇欲坠。

甜品店已经打烊了，月光似一层轻柔无比的薄纱，熠熠生辉地浮动在光滑的弧形玻璃柜上，他看着空荡而闪亮的横柜，脑中忽然出现了那个沉默的女生低头努力吃蛋糕的场景。

她看起来有点狼狈，用一种明天就是世界末日的架势一言不发地埋头狂吃，神情里居然有几分挣扎和虔诚，看得他心里莫名地触动了一下。

他轻手轻脚地穿过满地月光，走到拐角处的楼梯口，抬手关上了灯。

楼梯上的灯光很暗，他那两片眼睫似轻盈的蛾翅像是终于投入了那盏昏暗的小灯里，转瞬在黑暗中消失了。

卧室里的灯“啪”的一声被何芒一把拍开，照亮了以蓝绿色为基调的房间。卧室被她涂成深蓝色的墙上交错着贴了很多电影海报，《飞屋环游记》的彩色大气球屋紧挨着低头扶帽子的迈克尔·杰克逊，教父凝重而深邃的眼神投向娇羞地捂着脸的死侍……

她穿过乱堆着水晶球和塔罗牌的小桌子，把拖鞋一甩，张开双臂仰面向大床倒了下去。

短短的头发先是被柔软的床垫弹起，紧接着四散着摊在灰色的床单上，她盯着天花板，忽然想起早餐店卖包子的那个小哥老说她打扮得像是在麦当劳工作的杀手，她自顾自地笑了笑，月升才像杀手呢。

她想起月升那双生人勿近的眼睛，几乎是肯定地想到，应该是他不敢说吧。

何芒圆溜溜的眼睛在天花板上扫视了半天，坐起来赤足踩在地毯上，走到墙边把灯关上了。

她重新躺了回去，天花板在骤然暗下来的卧室里渐渐出现了星星点点的荧光，那是她用夜光颜料自己画的。

今夜的月光太亮了，从飘窗挥洒进来的光线让那些星星的图案并不清晰，她静静地躺在这片无边无际的月色里。

这座房子里非常安静，有呼吸的活物只有在隔壁睡着的保姆李阿姨和正在看着假夜空的自己。何芒轻叹了一口气，默默爬起来走到窗边，想把窗帘拉上。

她的手指搭在轻薄的布料上，抬眼看到了窗外真正的夜空。

星星暗淡，月亮又大又圆，一丝乌云的遮挡也没有。

何芒拉窗帘的动作停在半路，在飘窗上倚靠着坐了下来。

月升睡不着。

今夜的月色格外好，明晃晃的光毫不费力地穿透窗帘的遮挡，在她闭紧的眼皮上烙下两片小小的白光。

好在梦里也并不是一个让她期待的地方，她睁开眼睛，在那片辉煌的光线里眯了眯眼，忽然看到了林初阳的脸。

她又想起今天在那家店里时，林初阳认真而专注地瞅着自己的眼神。当时他一口一个“大哥”叫得她血糖暴跌、心烦意乱，只能埋头拼命吃眼前的小蛋糕。

林初阳坐在她旁边，小心翼翼地凑近了悄声说道：“这么喜欢吃甜的，大哥心里苦啊？”

说得她噎了一下。

自从三个月前父母因空难去世，他是头一个人这么坦然地对她说“你心里苦啊”。身边所有人都用一种怜悯的眼神看她，尤其是她在一天傍晚冷静地试图划开自己的手腕之后……

人们见到她，总是用一种轻缓的语气不断重复“没事的，没事的”，可怎么会没事呢？

他们还对她讲，她父母并没有真正离去，他们进了天堂，他们还活在她心里……

都是胡说的。她一边应付地点头一边想，死了就是死了，哪里都不会去。

从此只能出现在别人的记忆里，直到最后被忘记。

她不知道。

很多年之后，有个人会一本正经地看着她说道：“我不会忘了你的。”

他用一种轻松愉快的语气对她讲：“我会记得你。”

割伤手腕后住在医院时，隔壁床的小姑娘经常对月升挤眉弄眼，那个女孩儿割伤自己是为了让父母买最新款的iPhone手机……而他们自然而然屈服了。

那天晚上也是这么亮的月光，电视机里在放着《喜羊羊与灰太狼》，她们谁也睡不着。那个女孩儿无所事事，开始找她闲聊。

“我割得可浅了，我爸妈就吓成那个样子。”她哈哈笑了几声，“父母就是这么蠢，你说是不是？”

见月升没有理她，她又用天真而好奇的语气问道：“你呢，大姐姐你是为了什么呀？”

“父母就是这么蠢的。”月升没有看向她，声音很轻很冷，“一不留神就真把自己弄死了，连我们这些菜鸟都不如。”

隔壁床的女孩儿张大了嘴巴，一时之间不知道如何接话。

月升看着自己的被子被映得雪亮，手腕上的绷带跟着一起散发着细腻柔和的光，她看得愣了一下，接着说道：“小时候大家不都是这么想的吗，将来爸爸妈妈去世了以后，自己也就可以去死了。”

她看着对面女孩儿目瞪口呆的样子，轻声说：“原来只有我是这么想的啊。”

月升的思绪从那个苦笑中抽离，用力对着飘浮着的光芒眨了眨眼睛，那个冲她笑的人影紧接着消散了。

月升挑起一双清澈的、弧度优美的眼睛，诚挚地看着林初阳说道：“你是我见过的最黑的运动员。”

周六的清晨，游荡在空中的雾气一息尚存，在翠绿的叶片上凝成一颗露珠，顺着分明的脉络流到尖儿上，轻轻一顿，拉长了落到泥土中，溅出一朵四散的花。

日头在鱼肚白的天空里像一颗打碎了的蛋黄，正屏息凝神地酝酿着一天的热和光。

林初阳刚跑完十公里，浑身散发着蒸笼一样的热气，他偏深的皮肤上都是细小的水珠，分不出是雾水还是汗水，那些水珠顺着他的脊背和发梢往下淌，让他的皮肤散发着细腻而晶亮的碎光。他的动作迅疾，看起来像一条正在海面上迎风劈开浪花的鲨鱼。

“都说了，我是全面发展的选手。”林初阳的胸口一起一伏，拿起水杯刚想喝就被同样跑了好几圈的月升一把夺了下来。

她喘着气冷冷道：“一会儿再喝。”

一道光线沿着她汗涔涔的秀气脸颊倏地游移而过，天快亮了。

五月十号是学校的春季运动会，用林初阳本人的话讲，他身为高二全级部的优秀代表、校长老王的得意门生，非常有必要在每天清晨伴着第一缕阳光出现在训练场上。

至于月升……她就和一开始一样，像一个找不到路的小孩子，被每天起大早去甜品店帮忙的何芒郑重其事地托付给了林初阳。那天晚上她们的尾随行动暴露之后，因祸得福（当然，只有何芒和林初阳这么想），彼此逐渐变得熟悉起来。何芒周末主动去店里帮忙，顺手拉上月升，自然也就带来了跟屁虫林初阳，他们四个会在空闲的时候一起在一张小桌上聊天吃小蛋糕，偶尔谈谈人生，讲讲理想。

开始大家什么都不会，只能帮忙打扫收拾，但何芒对这件事有着异于常人的执念，直接发愤图强学起了烘焙，每天起大早在家里鼓捣，出门上学的时候头发上都沾着一层面粉，一拍腾起一道白烟，原地就能飞升成仙。

大概和杨亦萧沾边的事，何芒都能激发出极强的天赋，很快她就能有模有样地试着做出几种漂亮的小甜点，并在一个清晨奔赴甜品店帮忙烘焙，把送月升上学这件事甩手交给了林初阳。

结果第二天，这位何芒很不靠谱的血脉至亲就因为运动会跑出来晨练了。

月升不愿意杵在旁边干看着，慢慢跟在他身后也跑了一早晨。她顶着两个乌青的眼圈在熹微的日光中打了个哈欠，发现自己怎么也不能将眼前这个小麦肤色的人和皮肤白皙的游泳运动员联系在一起。

她努力平复自己的心跳，把手里的水递过去，强打精神厉声嘱咐道："慢点儿喝。"

倒不是刻薄，她仔细感受了一下，自己是饿了。

林初阳受宠若惊地应声接住，两人并排沿着操场往外走。月升昨晚没睡好，又冷不防起大早来晨跑，早就累了，她惊讶于旁边这个人的活力，刚跑完十公里却还有精神在路过小花圃的时候去祸害公共植被。

她手里接过那朵花瓣粉嫩脆弱的小花，脑海中立马浮现出老王的花圃和脑门儿一起变秃的场景，忍不住微微笑了一下。

"开心吧？"林初阳看起来十分得意，"我厉害吧。"

月升不太想承认这个显而易见的事实，转移话题道："每天都这么闹腾，你不会累的啊？"

林初阳怔了一下，好像完全没料到她会问这种问题："其实……我也累的。"

他笑了笑，转瞬就眨巴着大眼睛一本正经地说道："这不全靠大哥你和白日梦死撑着呢。"

月升听到这个意料之外的回答瞪了他一眼，接着低头加快了脚步。林初阳赶忙追上了她："你别生气别生气，我是说真的。"

"你知道我是体育生升上来的嘛，结果考试前正好去了趟外地比赛，乍一回来状态不好，那个分数考得，苍天——"林初阳认真而诚恳地说，"一路让我准确避开了想要报的所有高中，到最后才被老王用一双慧眼一把兜住了。"

"这可是他有生之年最英明神武的决定……之一，别这么看我呀，你想想，从一中掉到十一中，这给我难过的啊，混吃等死一整年。"他用的却是十分轻松的语气，"直到那天翘了体育课看到你，大哥，那一瞬间我忽然有了一种说不出来的侥幸和得意。还好我之前考砸了，还好还好没通过，发挥失常真是太对了。"

从前的失败在那一瞬间由可耻羞愧变得金光灿灿正确无比——

"不然我该去哪儿才能遇到你啊。"

看着月升愣了一下的脸色，他忙嬉皮笑脸地补充道："哥，再笑一个。"

"你笑起来很好看的，要对自己有信心啊，"林初阳想了想，拖着嗓子哼唱起来，"太——阳——公——公——出——来——了。"

这股杀伤力极大的魔音穿耳而过，月升一哆嗦，赶紧浑身僵硬地制止了他："住嘴！我笑！"

两人已经走到了操场的边缘，准备拿上挂在小栏杆上的书包去食堂吃早饭。林初阳十分自觉地伸出手去拿月升的包要一起背上，月升眼皮也没抬，轻声道“放下”，他立马老老实实地把月升的包交到了她手里。

他们沿着校园小路往外走，林初阳身上的汗水在升高的体温中悄然蒸腾出几道雾气，迎着初升的日光有种特别的朝气。他老是这么一副精力过剩的样子，一会儿快步走到她前面，一会儿又慢吞吞地抱着后脑勺跟在后头，但月升知道他不会离开。

她故意别过眼睛望向别处，正好看到了灿烂升起的大片光芒。日出其实只有一瞬间，紧接着，天就一点一点地亮了起来。

附近原本看不清的男生们在光线里逐渐显现出身影，他们还在晨光中卖力挥舞着双节棍，汗水飞洒，风里都是叮叮当当的声音。

太阳升起来了。

Ke'ai
Fenni Yiban

第三章
真心话

月升走进甜品店的时候，杨亦萧正站在窗边仔细地拉上窗帘，初升的日光拂过他的脸，映得他的皮肤有一种病态的白。

他母亲有日光性皮炎，也就是紫外线过敏，白天的时候店里是没有阳光透进来的，这儿也就显得格外阴凉而舒适，总是会有附近的学生和小职员过来偷个闲喘口气。

不过月升可不是过来偷懒的，那个皮肤犹如白瓷一样的漂亮女人端着刚出炉的椰蓉包正往玻璃橱里放，闻声抬头对她淡淡地笑了一下。

忙碌了一早晨的何芒脸上沾着薄薄的一层面粉，已经趴在墙角的桌子上睡着了。月升轻手轻脚地经过她，对杨亦萧的妈妈点了点头掀起软帘往里走。空气中充满了小甜点烘烤的香味，这种甜蜜的气息经久不散地萦绕在他们周围，她走进烘焙屋，几乎沉醉在了这片小小的天地里。

整洁的制作台上放着还没收起来的面粉、裱花袋和各种不锈钢工具，大烤箱和冰箱门都被擦得干净雪亮，月升缓步走到工作台前，熟练地摘下手表洗净手开始收拾。

杨亦萧也进来帮忙，他们通常各干各的，没有多余的交谈。月升背对着他打发一盆蛋清，打蛋器嗡嗡的声音很像飞机引擎正在发动，她听着听着，蓦地想起了梦里那条怎么也跑不到头的走廊，眼前的桌面瞬间旋转起来，她呆立原地，恍惚了一下。

她的心正在胸腔里慌乱地狂跳，林初阳这个只在赛场上不磨蹭的人也终于把外头打扫完了，他单手撩起帘子喊了声“大哥”就往里走，这一嗓子猛地把她从那个噩梦里拽了出来。

月升看见初阳，手里的动作一滞，忙慌里慌张地摸手表要戴上，她知道这是低血糖又犯了，手指微微发抖，不听使唤，抓了两下都没抓起来。

越着急就越慌乱，她完美地维持着表面的镇静，一边低头冷漠地“嗯”了一声，一边看起来毫无端倪地试图戴上表。

就在这个时候，她背后的杨亦萧忽然端着一盘生面团转身走过来，一言不发地用身体挡住了她的手。

在回医院的路上，何芒几乎是虔诚地捧着手机，一遍又一遍地点开里头的语音记录，傻笑着凑上去听一听。

来店里帮忙以后，四人也自然而然地加了彼此的微信。正所谓上梁不正下梁歪，何芒和她那位血脉至亲学坏了，红着脸骗杨亦萧说自己有阅读障碍，麻烦他平时多发语音。

这样在夜深人静的时候，她就能一遍又一遍地悄悄翻出来听。

月升见怪不怪地看着她在路灯下闪闪发亮的眼睛，又想起了今天早上杨亦萧的举动。他十分善解人意地走过来……挡住了她手腕上的疤。

经过几天的相处，她渐渐发现了这个男生让何芒沉迷的原因。

她记得有一次店里来了个脸圆圆的姑娘，看脸色不太好，身体非常瘦，眼下两片憔悴的乌青，她整个人都木木的，神情有些呆滞却又有点疯狂，一进店就慌张地点了一大包甜点，低头付完钱匆匆就要走。

杨亦萧在柜台后轻声叫住了她。

结账的时候，他看到了那个姑娘手上的伤痕，那是进食障碍患者标志性的伤疤，月升也注意到了。

他温声向那个姑娘打了个招呼，那双眼睛好像春日一瞬间化冻的小湖面，潮潮亮亮的："不要这样。"

杨亦萧的声音很温柔，却又有一种让人无法反驳的肯定，他看着她轻声道："你很漂亮。"

那个姑娘只呆愣了一下，紧接着就站在那儿呜呜哭了起来。常年催吐使她的喉咙嘶哑，她所谓的放开嗓子哭，其实是声音很小的呜咽，虽然没有惊天动地的鬼哭狼嚎，但怎么听怎么悲壮，好像她手里拎的不是小蛋糕，而是炸药包。

月升站得离她不远，本来准备走过去想帮她拿一下那包沉甸甸的东西，结果刚一冲她伸出手，那姑娘立马就把头埋进了她的怀里。

泪水从她暗淡无光的眼睛里涌出，无声地滑过没有血色的浮肿脸颊，她咬着嘴唇，悄悄地颤抖着。月升张开手臂的动作僵在半空，为难地看了一眼杨亦萧，见他默许地点点头，只好轻轻把手放在了姑娘不断起伏的肩头上，她很瘦，月升摸到了一把冰凉的骨头。

但她的胸脯很烫，心跳得像是正绝望逃命的小兔子。月升听见她抽噎着说了句“谢谢你”，然后对杨亦萧微微点了点头。

把那个姑娘送出门之后，杨亦萧站在门边忽然向她问道：“你也有害怕的东西吧？”

虽然你老是什么都不怕，什么都不在意的样子……但你其实是在意的吧。

“有啊。”月升犹豫了一下，想起了让她眩晕的飞机引擎的轰鸣声，还有梦里那条漫长的走廊，她觉得有些丢脸，装作一脸无所谓地看向别的地方，“有什么问题吗，有人连一块巧克力蛋糕都怕。”

林初阳训练了一整天，正趴在靠墙的小桌上和何芒对着头睡觉，杨亦萧的妈妈正在烘焙屋忙着准备明天早上的食材，店里仅剩他们两个神志清醒的人，夜晚的暖风从门口吹进来，带进来花和绿植的香气。

她故意没有看他那双明亮清澈的眼睛。

“没有任何问题，怕也没关系的。”杨亦萧看着那个姑娘的背影消失在路灯下，转过头来淡淡地冲她笑了，“可以不完美。”

“我当然不紧张了，不能怕，我这是自己吗——”林初阳站在等待区里，一本正经地看着月升，“我是老王行走的脸面。”

五月的天气热得飞快，刚过立夏，气温就迫不及待地噌噌升到了将近三十摄氏度，让运动员们尽情挥洒青春汗水的运动会也在这个时候开始了。

准备上场前，月升非常敷衍地说了句：“别紧张。”结果这人居然非常认真地告诉她“没什么可怕的”。

“这是什么歪理啊。”她想起那天晚上杨亦萧温柔无比的声音，眼神下意识就有点凶，“怕就怕，我又不会笑话你，没什么可丢脸的。”

“哎，话是这么说，但可以讨厌它，就是别怕它。”他故作严肃的表情维持了不到两秒钟，转眼就非常不好意思地嘿嘿笑了起来，“大哥这么担心我呀？”

月升冷冷地移开了视线：“我是担心老王的脸面。”

林初阳参与的项目里有长跑短跑也有接力跑，用他自己的话说，他是一个全面发展的选手。

这位老王的脸面其实还挺好看的，他在阳光下有熠熠的健康肤色，还有一双又深又大的眼睛，性格开朗大方，在学校不论男生女生和他的关系都不错，啦啦队里的小女生们在他上场的时候加油的声音格外响亮。

他用力冲几个朝这边红着脸打招呼的女生挥了挥手，广播里在喊他的名字了。

林初阳的那双眼睛神采飞扬，左瞅瞅右看看，鬼鬼祟祟地把手伸到背后，拿出了一小把粉嫩的小花来。

“嘘。”他偏头笑了起来，“我可以的，不要害怕。”

一缕清风吹过，月升手里那束小小的花随之沉醉地摇摆了起来，她望着那些薄薄的脆弱花瓣有些出神。

“大哥再见！”林初阳认真地对她点了点头，大步奔向了跑道的起点。

观众席靠近跑道终点的一处角落，杨亦萧坐在那片阴凉里正在给运动员们分水和巧克力。

日光浓烈，即使是在这个遮光的地方也能感受到外头滚动的热浪。他的皮肤在这些鲜明的明暗和光影下显出一种发暗的白，好像一不留神就会和雪孩子一样静悄悄地融化在太阳下。

站在他旁边帮忙的何芒就显眼多了，她刚结束表演，还穿着那身红白相间的啦啦队小裙子，短发里掺着各色头绳编了几条彩色的小辫子，眼尾扫了一点淡粉色的妆，眼睛清亮，顾盼生辉，看起来既俏皮又动人。

而他们站在一起……就像一张画布旁边摆了个五颜六色的斑斓调色盘。

她那双颇有灵气的眼睛一转，紧接着就挥洒着浑身的色彩冲来人的方向招了招手：“月升过来，在这边！”

还没等月升走近，她已经惊讶地“哇”了一声：“我哥一定有信心拿到三个第一。”

“为什么？”

“不然他摘了这么多——”何芒冲月升手里那把小花努了努嘴，“老王一定会和他同归于尽的。”

坐在阴凉处的杨亦萧递给月升一根巧克力棒，他的脸上挂着一抹暖如日光的笑容，指尖却是冰凉的。月升接过巧克力，那股短促的寒意随即传到了她的皮肤。

她没有吃，而是抬眼看向了杨亦萧。他看起来是那么开朗温和，像阳光下的微风，刚才那电流一样的恶寒仿佛只是她血糖骤降产生的错觉。

哪里不太对。

是哪里呢……月升睁着眼睛正出神，不远处刚冲过终点线的初阳已经一个右转跑了过来。

他身上还带着露水一样连成片的小汗珠，到月升眼前一个急刹停下，笑着扶住膝盖喘起了气。

“大哥，出……出什么神儿呢？”他大口喘着气，这句话说得磕磕巴巴。

何芒递过去一瓶水，犹疑道：“可能……是怕老王和你拼了。”

“真的啊？”林初阳刚接过那瓶水，刚要拧开就被月升一把拿开了。

“假的。”她淡淡扫了他一眼，“等会儿再喝！”

林初阳撞上她的目光，在正好的日头下对她笑了。

为期两天的校运动会最终在老王抑扬顿挫的演讲中圆满结束，大概是因为没能找到与林初阳同归于尽的正当理由，他化满腔悲愤为力量，声音洪亮气势磅礴，横飞的唾沫星子在那个饱满铿亮的秃脑门儿下与之争辉，场景不可谓不令人动容。

闭幕式上林初阳上台去领了好几回奖，全程笑得和傻子一样往台下的某个方向看。不知道是不是阿祖的错觉，他身为级部代表一直都在旁边准备发言，一不留神就瞅到校长在给初阳颁发证书的时候，整张脸悲喜交加，在熠熠生辉的脑门下微微地颤抖着。

而台下，人群里的何芒快要靠着月升睡着了。她这几天都在忙着和杨亦萧一起做志愿者，晚上回家还要研究小蛋糕的味道和新款式，已经困得神志不清，站着站着就歪在了月升身上。

月升的肩头摊开一把十分俏皮的黑色短发，一只胳膊小心地从何芒背后揽过去扶住她，另一只手背在身后，小心地握着一小把清新可爱的粉色小花。

放学回去的路上，一个肤色健康的男生哼着小调把两只手背在脑后，慢吞吞地和一个面沉似水的女生一起并排走着。

看表情就知道……那个女生的内心一定是拒绝的。

她的嘴角天生稍微朝下，没有表情的时候看起来也就有点凶，抿嘴笑的时候也并不明显，非得认认真真地努力扬起嘴角，才能在她的脸上看到那么一点儿笑意。

因为何芒这几天简直进化成了“何忙”，老王一讲完话她就像被附体一样，一个挺身站直了拉上杨亦萧就往甜品店跑。

月升非常礼貌且有眼色地拒绝了何芒的“来啊”暗示，

目送他们离开没有跟上。不想打扰他们的小时光，又怕自己找不到路，两相权衡，只好一脸嫌弃地和捧着满怀新本子和证书的初阳走到了一起。

而林初阳这个人……他好像只有在赛场上才长了腿。

初夏的日头长，但走在他旁边的月升毫不怀疑，照这个速度，他们一定能一路走进黄昏。

出了学校直走的那个十字路口稀稀拉拉地站着几个穿校服的学生，林初阳慢条斯理地和月升走过去一起等红灯，绿灯刚亮，他就发现身旁的月升忽然拔腿就往对面走，“哎哎哎”着忙跟上了。

“大哥，大哥！”他见月升完全没有要等他的意思，一路走到斜对面的树荫下，停住了。

月升在他困惑不解的眼神中俯下身来，努力扬起嘴角，向她对面的人笑了。

那是一个坐在树下的老大爷，面前摆着一个破了边的小木筐，半摊开的蓝布下露出鲜红欲滴的樱桃。

老大爷看起来年纪很大了，额头眼角的皱纹堆积在那副边缘泛黄的老花镜后头，小马扎旁边还斜放着一根木头拐杖。

初阳一开始并没有注意到他，这里被一排茂盛的行道树荫覆盖，路灯的光昏暗朦胧，蝉鸣嘶哑，和那些放学的学生们又遥遥隔了一条马路，他这双漏神的大眼睛实在是很难发现。

但让他呆了一瞬的却是眼前的另一个人，月升的眼尾随着嘴角一起认真地上扬，眼睛在那片错落的光影中像是月夜泛光的湖面，涟漪微荡，动人而明亮。她其实本身长得就好看，但正经的微笑对她来说麻烦又没用，脸上老是笼着一团丧气，那种美也就被木然的表情严丝合缝地掩盖了起来。而她的笑容天生又不明显，非得十分卖力才能挤出一个若隐若现的微笑，仔细看看她的面部表情其实还有些细微的僵硬。

但她在灯影下这么努力一咧嘴，平常覆在眉梢眼角的那层薄纱猛然被揭走，平日里行走如风冷漠无比的师太转眼又变成了一个面庞生动的少女。

林初阳的心跳咚咚加速，一时竟然喉咙发干，说不出别的话来。月升低头从自己的书包里掏出钱，对那个老大爷温声说道："请问这个怎么卖呀？"

然后她蹲下来伸出手往绿色的薄塑料袋里装了几大捧，看了看那个依旧满当的小筐，头也没转，皮笑肉不笑地问林初阳："带钱了吧？"

林初阳双手拎着沉甸甸的两大包樱桃，一进店就如释重负地把它们放在了桌子上，袋子里露出几抹饱满如油画的红色，散发着一股非常好闻的淡淡清香。

"我好像听说你是全面发展的选手。"月升沿着小桌拉开一张椅子坐下，对这个人立马揉起肩膀的架势表示了嫌弃。

林初阳使劲伸了伸两臂，正色道："唉，大哥你有所不知，天下武功，那还是唯快……"

他觑着对方忽然冷了一度的脸色，原本嘚瑟的声音逐渐小了下去，和阿祖附体一样谨小慎微地点了点头：“不破，不破。”

这家店的名字叫“梦中”。

已经是周六夜里八点多钟了，他们还是来这儿帮了一会儿忙。因为这个周末杨亦萧的母亲去了市里，这会儿又快打烊了，其实也没什么要干的，四个人梦游一样干完活，又凑到靠墙的那张小桌上瘫坐着闲聊。何芒非常骄傲地端出来一盘自己裱花装饰的纸杯蛋糕和甜甜圈，那些甜点颜色非常显眼，色块的融合与撞击有一种奇异的美感，蜂蜜、巧克力和奶油混成如同凡·高油画的鲜明色泽，十分诱人，让人一眼就能注意到。

“这些还是我拼死藏起来的，”何芒把那些甜品一个个分好，扯开一张椅子跟着坐在杨亦萧旁边，用一种开心又苦恼的口吻说，“没办法，销量太好了。”

刚买回来的樱桃被她精心点缀在小蛋糕上，白炽灯光在它们光滑的表面上投出红宝石一样诱人的光，月升伸出手拿起一颗吃了起来，清甜的汁液在她的唇齿中迸发，她的脸色瞬间又柔和了起来。

“运动会可算结束了，我们庆祝一下吧？”林初阳懒洋洋地把手里的小蛋糕举了起来，示意他们碰个杯。

这几天他们的确都忙，月升和他早起晨练准备比赛，杨亦萧和何芒也得兼顾志愿者工作和店里的活儿，每个人都在靠一口仙气吊着了。

杨亦萧垂眼笑了笑，举起面前的小蛋糕和林初阳轻轻碰了一下，他握着蛋糕纸托的手指白得惊人。何芒紧接着跟杨亦萧碰了起来，然后才非常敷衍地和她的血脉至亲沾了沾边缘的烘焙纸。

月升正在低头吃着蛋糕走神，完全没有听进去林初阳的话，对这三个人亲切友好的交流也毫无反应。见林初阳兴冲冲把手里的小蛋糕递过来想碰个杯，她非常自然地接了过去，在三双惊讶的眼睛下有条不紊地揭开薄纸咬了起来。

林初阳："……"

"怎么了？"她一边慢条斯理地嚼着，一边挑起眼尾看了一眼林初阳。

"没怎么，没怎么。"林初阳忙不迭摆摆手，"大哥慢用，慢用。"

何芒"扑哧"一声笑了："忽然这么闲还真不习惯，不然我们玩个游戏吧？今天又不着急回去，没关系的。"

镇医院今天晚上有一例孕妇的大手术，月升的舅舅、舅妈和何芒的父亲得在手术室里忙到后半夜，其实她们不回去也不会有任何人发现。这种生活，何芒已经很习惯了。

"好啊，好啊，玩什么？"林初阳飞快地想了想，"我倒是有好多桌游牌，可惜没带来。"

通常下一个接话的人应该问：要不然明天吧，下回再玩。

但这句话没有任何人说出口，他们在那一瞬间微妙的沉默中彼此目光交接，何芒摇头忙说道："没关系，没关系，自己写也可以的，也不难，就……‘真心话大冒险’怎么样？”

因为他们都太明白了，“明天”“下回”这些词的意思就是“不再”。

林初阳的父亲是终年在国外远航的海员，难得回趟家。每次林初阳拉着父亲要跟他一起去大船上看看，他都会说：“初阳年纪太小，下次吧。”

而林初阳到现在也从未看过大海。

何芒的母亲去世得早，父亲大概是为了逃避悲伤，一直都在医院忙工作，在她五岁之后就没有再陪她过过生日了。每年的那个时候她总会收到由小护士代送的礼物，还有一句甜甜的“生日快乐”。

也不知道是他要转达的，还是那个小护士看她心疼，自己加的。

能不能陪我一次？这句话的答案永远都是“下次一定”。

月升的情况还要简单一点，她的父母都是外科医生，她就像《实习医生格蕾》里的女主角，从小抱着娃娃穿过医院的走廊，消毒水的气味和那种昏暗的气氛是她童年的大部分记忆。

三个月前，她的父母一起去国外参加了一次会诊，登机前母亲在机场难得想起来给她打了个电话。大概是因为手术很成功，母亲的声音轻快又温柔：“这一阵要忙的都忙完了，明天中午爸爸妈妈到家，我们可以一起吃顿饭啦，开心吧？”

于是放下电话的月升赶紧冲到门口，鞋子都没穿好就往超市跑，天空凝着几团水墨画一样的漂亮乌云，空气里扬起一阵雨前独有的尘土腥味儿，她伞都没有顾上打，任凭那些快乐的大滴雨点落在她身上，拎着满手五颜六色的食材快乐地在雨中转了个圈。

她湿淋淋地回到家里，洗澡睡觉，躺在床上的时候她还能感觉到自己的心脏在胸腔里快活地怦怦直跳。

第二天月升起了个大早，有条不紊地洗菜、切菜，再从锅里舀出一小勺汤尝尝味道，指针指向十一点四十分，最多还有二十分钟他们就能到家了。

她把几盘菜和碗筷桌椅精心地摆好，就站在门口，满怀期待地幻想着他们进门以后惊讶的神情。

指针指向十二点，一点，两点……

她在门口等啊等，桌上的菜热了几次还是凉透了，他们的电话打不通。月升由期待到焦灼再到失望，最后她忽然无比镇定，拿出手机搜索了一下他们的航班号。她点击搜索，却并没有看到想象中的突发空难信息。

母亲在这个时候终于想起发了一条信息回来，她说他们刚一登机，那边的病人术后反应就不太好，他们赶紧下了飞机回去又做了一场手术，要明天才能回来了。

“抱歉，月升，要明天了，明天一定回来。”

她恍然大悟地“哦”了一声，那一瞬间心里好像有扇门突然狠狠地关上了。她一步步走回餐桌，像从前一样自己吃了起来。她夹起一筷子冰凉的菜往嘴里放，慢慢地一口一口嚼着，窗外又下起了昨晚一样昏沉暧昧的夜雨，她伴着雷雨声独自吃完饭，把剩下的菜用保鲜膜包好放回冰箱。

她慢条斯理地把碗筷一一冲洗干净又擦干放好，把没有用完的食材放入冰箱归类整齐，厨房的地面被擦得光滑干净，整洁得像什么都没发生。

而第二天……班主任把她从语文课上叫出来，告诉了她飞机失事的消息。

她居然一点也不吃惊，丢下班主任头也不回地跑了起来。她的视线开始模糊，眼前的路突然没有了尽头，怎么也看不到回家的路。

她一路横冲直撞地跑回家，气喘吁吁地打开冰箱，把昨天装好的菜一一拿出来倒掉。

做完这一切，她冷静地从厨具架上挑了一把水果刀，走进浴室拧紧了门。

莲蓬头里喷出的热水就像那天傍晚的大雨一样，肆意落在她身上。她的脸很快被浸湿，流淌着一片哗啦啦的温热，也不知道自己有没有落泪。

但不管过了多久她都清楚地记得母亲对她说的话：“明天我们就回来，开心吧？”

明天吧？明天一定。

乱讲，乱讲，她仰面坐在浴缸里，木然地看了看手里的小刀。

没有明天了。

其实月升对“真心话大冒险”一直都没什么兴趣，但林初阳完全相反，很有挑战的兴致，把问题随便糊弄过去就要选“大冒险”，以至于他在动情高歌了几曲之后，在座的三位纷纷都表示这游戏玩不下去了。

“哥，哥！你先别着急开始！”何芒堵着耳朵，一脸扭曲地制止了他，“没有‘大冒险’这个选项了，现在只能说‘真心话’。”

她赶紧从那摞临时写的小字条里替他抽了一张，瞥了一眼忙问：“说……嗯……说一件你知道是别人骗你的事。”

何芒“咦”了一下，这些小字条是他们自己写的，刚才的问题虽然无厘头，但还算这种游戏的标准配置，比如“你最喜欢的电影”和“最喜欢的颜色”这种其实都是她写来想问杨亦萧的，结果被林初阳半路拦截，他们三个不得不忍痛听他唱了两遍周杰伦的《晴天》。

而“你吃动物内脏吗”这种画风清奇的问题一看就是林初阳写的，抽到这个问题的月升淡定无比：“吃心肝。”

林初阳还好奇地追问：“为什么啊？”

她抬眼看向他，声音故作低沉道：“因为我没有啊。”

这一幕看得何芒和杨亦萧没忍住都笑了，尤其是杨亦萧，他笑得都咳了起来，停下来喝了好几次水。

何芒抽到的小字条上是一行非常好看的字，上面写着：“你想怎样度过你的人生？”

她不太好意思地看了一眼杨亦萧，小声而认真地答："我想和喜欢的人一起做喜欢的事，如果能就这么过一辈子，那就太好了。"

"如果不能呢？"月升问她。

"那就……忍耐。"

何芒放下手里的小字条，悄悄看了月升一眼。

"那抽到的问题我们一起回答，我就不唱了，可以吧？"林初阳摊了摊手。

"哎，哥你不一直都跟我说，做人要厚道……"何芒明显很不乐意，嘟了嘟嘴。

"可以，"月升很痛快地回答了他，"你先来。"

"我想想啊，有点多，毕竟我这么机智，呃……小时候，我妈妈说我听话的话就给我变出一颗糖来，我知道那些都是假的，她让我闭上眼睛的时候，我偷偷看到她从口袋里慌忙将糖拿出来，再故作镇定地叫我把眼睛睁开。"林初阳回忆的时候眼睛里闪过怀念的光来，"我为了一直能有那些糖吃，就故意不戳穿她，每次都装作很期待很期待的样子。我小时候很淘气，我爸又老不在家，她真的好厉害啊。"

"不然一般人谁能轻易把我养这么大啊。"他嘿嘿一笑，朝何芒一侧头，"芒芒到你了。"

何芒默默对她这位脱线的血脉至亲叹了口气，想了半天才张口："嗯……小时候，四岁那会儿，有一天大人们都跟我说我妈妈出远门旅游去了，要很久很久才能回来。"

她面前还有没吃完的半个甜甜圈，它的表面淋着漂亮的巧克力花纹，色泽明亮，她盯着它看了一会儿才轻松地接道："她以前是个小演员嘛，经常去外地的，他们以为这样就能骗过我了……其实我一直都知道，她是'领盒饭'了。"

何芒用力眨了眨眼："我说完啦，月升你呢。"

月升刚说了一个"我"字，忽然停住了。她看向小声咳嗽的杨亦萧，认真问道："没事吧？"

杨亦萧端起水杯喝了起来，同时用另一只手轻轻摆了摆，意思是没事。他大概喝得有些急，呛了一口，紧接着咳得更厉害了些，何芒完全不意外似的，赶紧站起来给他轻轻拍后背，过了一会儿他才缓过来。

他的眼睛在光下弯成一个好看的弧度，但好像聚不上焦，没什么神采。他用力笑了一下："不好意思，没事的。"

"你这就是谎话。"月升严肃地凝视着他的脸，想从那张苍白无比的脸上看出点破绽来。

杨亦萧垂了垂眼睫："我去吃个药就好了。"他试图站起来，结果双手猛地扶住了桌子，又坐下了。

看他又咳嗽起来，何芒赶紧抓起水杯给他递了过去。他眼角的那颗痣在越来越白的皮肤上格外显眼，看得她眼眶一酸，生硬地移开了视线。她看向桌面，小声道："不然今天就到这里吧，我们……"

她的话停在半路，惊讶地"啊"了一声。

桌子上，杨亦萧刚刚放下的水杯里，肆意地盛开了一朵红色的花。

殷红的血液凝成一缕一缕的花瓣，在清水中水草一样轻轻摇摆。月升的心里“咯噔”一声，一种说不出来的慌乱瞬间弥漫全身，她赶紧抬起手去捂一旁林初阳的眼睛：“闭眼！”

但她还是晚了一步，林初阳的瞳孔骤缩，呼吸紧跟着急促起来。他顿时觉得天旋地转，拼命地闭上眼睛大口喘起了气。

他用最后一点力气摆了摆手：“我……我没事，你先……你先看……”

“闭嘴！”月升短促地呵斥，“深呼吸，不许晕。”

上一秒还是四个人好好坐着，眨眼间能直立行走的只剩她们俩了。月升扶着林初阳的肩膀，左右支绌，只好赶紧看向对面睁大两只眼睛的何芒，冷静而飞快地说：“芒芒别慌，药在……”

没等月升说完，何芒噌地站起来就往烘焙房跑，看得月升愣了一下。

很快何芒就握着三个小药瓶跑了回来，月升内心复杂地发现她准确地在那个堆着瓶瓶罐罐的木柜里头摸出了所有的药，一时居然少有地组织不起语言来。

原来她知道，月升表面看着波澜不惊，心里已经一阵翻腾：她一直都知道吗？

“没关系的。”杨亦萧扶住桌角无力地咧了咧嘴，“我自己来就行。”

月升的手还紧紧抓着摇摇晃晃的林初阳，声音不由得冷硬了些：“芒芒打120，没得商量。还有你——”她转头看向眼神涣散的林初阳，“别晕！”

林初阳的眼前是逐渐扩大的金色，像喷漆一样填满了他的视野，什么都看不清了。他耳朵里又像是有几十只鸟尖叫的嗡嗡声，这句话像隔着一层厚厚的水面，透过波纹一荡一荡地传进他耳朵里，听起来破碎而遥远。

在那些鸟声嘶力竭的尖鸣声里，他见到那片熟悉的刺眼金光，以为自己又要像以前一样就地扑街了。

但这次有哪里不太一样，他隐约能感觉到有一双纤细的手紧紧扶着自己的肩头，让自己不至于仰面倒下去。

“……怕。”月升的声音穿过那些嘈杂的耳鸣声，听起来居然有一种奇怪的温柔，他暗自想着，自己这是真的神志不清了。

“……害怕。”

她说什么？

林初阳努力地排除那些刺耳无比的杂音，试图分辨出那个人到底说了什么。

这次，他听到了。

月升凑到他的耳边，一字一顿地对他说道：“你可以的，不要害怕。”

Ke'ai
Fenmi Yiban

第四章
流星雨

何芒坐在病床边，看着输液管中绛红色的血液一滴滴缓慢地落着。它们顺着透明的纤细管子流进杨亦萧的身体里，但似乎并没有让他看上去更好些。

他静静地躺在床上睡着了，眼睫微颤，脸颊和手背却都是苍白的，让他看起来像是融化在这些床单和被子里。

她垂下眼，忽然想起第一次看见他的那天。

当时她刚和父亲吵完架，气冲冲地在几个楼层的走廊里乱走。

为什么老是把我当作小孩子？何芒不明白。其实她早就知道母亲去世了，但身边所有的大人对她的说辞还是“妈妈去很远的地方旅游了”。

她想去找舅舅，但他的电话没打通。她心烦意乱地把通信录从头翻到尾，发现自己就算发了疯地想离开这里，也没有任何地方去。

她越想越委屈，越想越生气，一抬手就把那部无辜受难的手机甩飞了。

走廊里安安静静，只有她自己不断抽着气的声音。谁也没有来，不会有人拾起那部手机安慰她，不会有人拍着她的肩膀说“哭吧”，也不会有人轻声对她说“不要害怕”。

她独自一人坐在一条没人经过的走廊上，悄悄落着在医院里最常见又最不值钱的泪水。

不知道过了多久，她终于冷静下来，擦了擦脸想去把它捡起来。

刚才她显然是太生气了，那部手机被她一路摔到走廊尽头的一处门口，屏幕碎裂如蛛网，黑下去的屏幕里切割出很多双破碎红肿的眼睛。她抽咽着俯身伸出手拾起它，站起来一抬头，正好透过门上的小窗看到了那个人。

空无一人的长廊里沉闷而寂静，何芒的目光猝不及防地与那个人对视上，愣愣地在原地呆住了。

她见过他。

杨亦萧坐在病床上，正专注地看向窗外。

点滴袋里的药水落得很慢，他明显还要在这儿待很长的时间。但他似乎并不焦灼，只是一言不发地看着窗外那片枯燥的天空和云彩。

他的眼神是那么沉静、那么淡然。何芒的脸上还残留着没擦干的泪水，就那么站在淡绿色的小门后看着他。

冬日午后的阳光没有任何温度，和她一起静悄悄地待在走廊里，什么声音都没有。

血液一点点顺着他的手背流进去，何芒仔细端详着他的脸，发现自己怎么都看不够，从第一次看见他就这样。

那一刻，她躲在门后，莫名其妙地就不想走了。

这么一直看下去也好。就这么一直，一直……

病房门外的长椅上，月升和林初阳人手一根小护士给的巧克力棒，前者低头小心地咬了几下，后者直接一口咬掉半根，腮帮子鼓起一大块，努力嚼着。

“他之前老来这儿输血嘛，芒芒应该是那会儿认识他的。”林初阳看起来还是没什么精神，声音含含糊糊的。

“那你呢？”

“嗯……我是好久以前了……”他闭上眼睛想了想，接着缓声道，“幼儿园那阵吧，他可是我们那儿玩得最野的，就是最厉害最受欢迎的小朋友，我和他都皮嘛，玩得特别好。”

“我还记得他妈妈老是举着一把非常漂亮的小阳伞。”林初阳顿了顿，把甜腻的巧克力努力咽了下去，“后来有一天他突然就不见了，老师说他去外地治病，最近就不来幼儿园了。”

“我想他能生什么病啊，能跑能跳的，上树上得比我都快，所以就没当回事。”他低头又咬了一口，把手里的巧克力棒吃到了底，“谁知道他就一直没有再来。”

杨亦萧就这么长长久久地辗转于异乡，开始了漫长的、磨人的治疗。

月升在看见杨亦萧拿药的那天，眼尖地瞥到了药瓶子上的字——奥贝安可，是一种去铁酮片，主要用于铁中毒或因输血治疗铁负荷过多的地中海贫血患者。

而地中海贫血，重度的话……

“后来我才知道他的那个病是怎么回事，还是在我爸妈说话的时候偷听到的，”林初阳说，“说是他妈妈想再生一个小孩儿用脐带血救他，结果后来孕检筛出也是重度地贫，只能拿掉了。他爸爸大概是受不了这种结果，直接丢下他们跑了，开始那几年每个月都寄些钱回来，后来就没影了，大概是以为……”

“以为他儿子已经死了。”月升心里一沉，“重度地贫患者很难活到成年。”

她在心里飞快地想着，地贫除非骨髓移植，否则根本无法治愈。

“是啊，没想到他这么厉害。”林初阳干笑了一声，“去年……今年一月份，过年那会儿他才回来，但十一中这么偏，从前的小伙伴们大多在市里，也就只有我认识他了。”

这种时候回来……月升无言地看了他一眼。

林初阳故作轻松地拍了拍她的肩膀：“是啊，他这是放弃治疗啦。”

这是一句玩笑话，但谁也笑不出来。

月升的心里忽然涌起一阵难过，她以为自己已经过得很丧很不容易了，到头来……大家怎么都这么不容易呢。

她想起杨亦萧那双笑起来弧度好看的眼睛，想起她要他注意少吃糖时，他那句淡淡的“我不一样的”，原来是这么个不一样法。

那个善解人意、开朗阳光的人，那个总是安慰她，总是对身边所有人都很温柔的人，原来一直都在等死吗？

大部分地贫患者都会有一种特殊的面孔。皮肤非常黄、颧骨突出或者眉距增宽，这些杨亦萧在网上查过很多次。

幸运的是，因为母亲从前是护士，他的病发现得早，很小的时候就开始接受规范治疗，努力输血，又努力打去铁胺防止铁过载……所以他的外表上并没有任何异常，因为遗传了母亲的苍白肤色和浓而深邃的眉眼，他看起来和正常的小孩子别无二致，甚至还更好看些。

无论怎么看都无法把他自己和那些网络上的形容联系到一起。

但他又清清楚楚地知道，自己就像一个从里开始腐烂的橘子，金玉其外，内里早就朽烂不堪了。

轻度地贫患者没有大碍，中度患者大多能活到成年，而重度……

他自己卡在中度和重度中间，情况说不上乐观。从幼儿园那会儿，就已经开始躺在医院无止境地输血和打去铁胺除铁，长期输血会导致铁过载，会压迫脏器，也会要了他的命。

去铁胺打得非常非常慢，一滴就是好几个小时，他对那段时光的记忆只有高悬的药水瓶和窗口露出的那一小块蓝天。

那个时候的去铁药很贵，父母要负担输血的费用，又得焦头烂额地去买去铁的药剂，辗转于各大医院带他治疗。而他就像一个空洞漆黑的炉子，一把火把他们辛苦赚来的钞票焚烧得干干净净。

后来……那个没出生的孩子离开之后，父亲好像一直觉得是自己的错，积郁多年的压力猛然爆发，在一个月亮很大的夜里离开了。

可能是后悔生了自己吧？他有时候也会这么想。

然后母亲独自一人带着他，又开始了无休无止的治疗，他再也没出去蹦过跳过，没和小朋友们一起上树掏过鸟窝，他所有的童年时光都耗在异乡的医院里进行枯燥乏味的检查和输血，阳光照在身上的感觉他都记不清了。

直到去年年底，他有一种强烈的感觉，就到这里了。试过了，真的很努力地试过了……但没有办法。他看到那个医生欲言又止的表情，忽然对母亲笑了。

他仔细端详着母亲眼角的皱纹，轻松地说：“我们回家吧。”

杨亦萧在半夜醒过来。他先看到的是熟悉得不能再熟悉的医院天花板，还有高悬的药水袋。他的目光迟缓地向下游移，落在了身侧的何芒身上。

她小心翼翼地蜷着胳膊，垂下的眼睫微微颤抖，已经睡着了。

医院寂静的夜晚还带着一丝强打精神的微弱嘈杂，偶尔有护士推着药盘走过，留下叮叮当当的声响。还有睡不着的小孩子低低的哭闹声，这些零碎的声音好像很远，又好像近在眼前。

四个人都没回家，他一偏头，看到了坐在墙边两把椅子上的那两个人，椅子明显是何芒去值班室顺来的，他们已经蜷坐在上头睡着了。

林初阳的脑袋朝月升的肩头小心地歪着，后者的头朝着相反的方向，用一只手撑着脸。再仔细看看，就会发现林初阳的手从椅背后僵硬地伸了过去，没有碰到她，而是松松地围住，怕她睡沉了掉下去。

月升身上还歪披着林初阳的长袖训练服，垂着脸紧紧地凝着眉头，好像在做噩梦。

杨亦萧的目光无声地扫过他们，最后落在了旁边的窗户上。星星小而暗淡，浓重的夜色紧紧贴着玻璃，实在不算什么美景。他盯着那片被切割开的小小天空，心想，自己怎么永远都看不腻呢。

如果能一直这么看下去就好了。

一直，一直……

杨亦萧的母亲头上包着一块漂亮的花头巾，踩着一地暮色推开了甜品店的门。

小店里还坐着几位顾客，听到门口的风铃声，纷纷对她微笑着打招呼。小木柜上的绿植与烤箱一同散发着迟钝的甜香，柜台后的杨亦萧对她点了点头，何芒端着刚做好的小蛋糕从烘焙屋探出头，月升立马掀开帘子一言不发地接过来，走到桌边在那些顾客面前放下。

林初阳坐在墙边的一张小桌旁，大爷似的“啧”了一声：“大哥，有道是顾客就是上帝，你倒是笑一个嘛。”

那个不苟言笑的小姑娘往他的方向漫不经心地瞄了一眼，林初阳立刻噤声：“那……那就我笑一个。”

他大大方方地咧出一口白牙，把那些顾客都逗笑了。

一切如常，这份欢乐和温馨简直是梦里都不敢想的场景，杨亦萧的母亲内心惊讶一瞬，眼眶里忽然涌上一片潮湿。

几个月前儿子对她说的那句“我们回家吧”曾让她无比难过，同时又有一种难以言喻的解脱。长年累月地带着孩子东奔西走寻医问药，一个个透明的输液瓶子几乎把他们和所有的温暖欢乐都隔绝开了。

她只能眼睁睁地看着那些高高悬挂的药水袋把又冷又冰的液体送进儿子的血管里，把他的温度一点点带走。

她忍住眼里那股酸酸的暖意，给了他们一个十足美丽的微笑。

杨亦萧的母亲去市里给杨亦萧买药的时候是周六清晨，并不知道杨亦萧在当天晚上住进了医院。第二天下午，他们四个就赶着回到了店里，装作什么事也没发生般收拾好了桌椅板凳，打开烤箱，匆忙开门。

谁也没再提昨天晚上的事，四个人心照不宣地怀揣着同样的隐秘，一如往常地上学下课，再一起去甜品店帮忙干活。保守同一个秘密甚至把他们的距离不知不觉拉得更近，一起走向甜品店的时候，就连月升似乎都对林初阳魔性的嗓音没有那么嫌弃了。

当然，依月升的脾气，这很可能只是看起来而已。

满地树荫的放学路上，林初阳双手提着满满两大袋桃子快步跟在月升旁边，步履矫健却略带一点漫不经心，乍一看好像少林寺拎着两个木桶噌噌踩梅花桩的老僧。

这位老僧似乎早已参透顿悟，超出三界外不在五行中，正在小声唱着一首听不出调子的歌。

“太阳公公出来了，他对我啊笑呀笑，我……”

他的声音戛然而止，看着忽然停下步子的月升愣了一下，以为她又迷路了：“怎么了大哥，前面直走再左拐。”

月升没有理他，仍是站在原地盯着手机。过了一会儿，林初阳从她嘴角扯起的细微弧度准确判断出她这是笑了，忙说道：“大哥，是不是有句话叫‘独乐乐不如众乐乐’来着？”

而他大哥直接选择性地忽视了这个问题，张口问道：“芒芒说月底有场流星雨，要不要一起去看？”

其实在林初阳眼里，流星雨那些劳什子不过是天上乱飞的破石头，它们就像他大哥一样，冷漠坚硬，又没他大哥好看，连心都没有。

但是，只要能和她一起，哪怕是去深山老林里喂蚊子——

“我愿意！”

在元嘉十一中小有名气的何芒其实在半个月之前就查到了这场流星雨的信息，但她当时正全身心地专注于学习烘焙，只在页面上蹦出来的几行字上扫了一眼，就低头把那些星星和满天飞舞的面粉、糖霜揉到一起去了。

杨亦萧的妈妈回来那天他们匆忙赶回甜品店，何芒飞快地揉面开烤箱，在月升嗡嗡的打蛋清声中，她忽然想起了那些被她抛到脑后的流星。

回家后，她又认认真真地查询了好几遍，确认了在他们学校附近的那片小丘陵是个绝佳的观测位置。

林初阳是一个说话欠打办事奇慢的扛把子校运动员，熊月升老是绷着张脸面色凶狠，好比一个隐匿于人群中的少女杀手，而何芒……顶着满头被教导主任无数次点名批评的总绑着五颜六色细绳的头发，热衷于占星塔罗，还有做小蛋糕……不论三个人看起来是怎样的画风迥异、凑不到一块儿去，但其实他们都怀揣着相同的愿望：尽自己最大的努力，给杨亦萧在最后的时间里留下美好回忆。

杨亦萧提过一次，这次回家也是因为他想知道真正的人生到底是怎么回事。

人生这件大事先不提，林初阳拍了拍杨亦萧的肩膀，诚挚地说："让我们去看看流星雨这劳什子到底是怎么回事。"

据何芒给出的信息，五月三十号的前半夜，在小黑山顶朝东南方看，应该会看到一场声势浩大的白羊座流星雨。

因为那天凌晨刚好是周一，还得上课，所以他们要在周日傍晚出发，再一起爬到学校附近的那座小丘陵上。元嘉十一中处于近郊，紧挨着一片山脚的小树林，那座山就是小黑山。据说从前那儿是个种药材的小土坡，为了药农方便，早年间修过几条粗糙的水泥路，山顶还有一小片晒药材用的小平台，刚好可以让他们看星星。

于是等到五月二十九号那天黄昏，四人在甜品店里会合，月升和何芒基本是没人管辖的放养人士，来去自由；杨亦萧的母亲当然不会反对，也没有任何问题，而林初阳……

三个背着毯子、食物、手电筒的人眼睁睁地看着他从书包里倒出成打的练习册和课本，一言难尽地愣在了原地。

第一个反应过来的是何芒，她目瞪口呆地看了看摊了满桌子的习题试卷，问道：“这……这是防身用的吗？”

月升用两只手指拎起离自己最近的那本《五年高考三年模拟》，表情难得有了一丝幸灾乐祸的波澜，她饶有兴致地挑了挑眉毛：“到了哪里都不肯放下文化知识，真不愧是老王四处行走的脸面。”

“哪里，哪里。”林初阳不太好意思地挠了挠头，“没办法，不是说那山上有蛇嘛，我怕我妈担心，就跟她说快期末了我来找老杨补习的，一会儿她打电话过来，杨阿姨可得打好掩护啊。”

“你又骗你妈。”何芒哼了一声，“这回情况特殊就放过你了，下次你看我告不告诉她。”

“哎，芒芒，这就是你的不对了，怎么能因为我妈，嗯，我妈更喜欢你，你就这么对你哥呢？身为你的血脉至亲、队伍里能跑能跳的种子选手，我可是在那条蛇冲出来的时候第一时间站出来保护你们的人啊！”

“怎么保护？用课本使劲砸它七寸吗？”

林初阳卡顿了一下，强装镇定地“嗯”了一声：“当然。”

“那哥你告诉我，”何芒狡黠地看着他，“你知道一寸是几厘米吗？”

林初阳：“……”

这两个活宝在拌嘴的时候，月升和杨亦萧很有默契地互相对视了一眼，然后都忍不住垂眸微微笑了。

“吃的和水这里都有，毯子……”没等杨亦萧说完，月升已经冷冷地接道：“我带了两块。”

“真的假的？”林初阳有些惊讶地看向她，“看不出来，大哥这么为我着想啊。”

“他们私底下不都叫我师太吗？”月升皮笑肉不笑地看向他，“实不相瞒，贫尼法号‘胆大心细’。”

不知道是不是她的错觉，和他们在一起的时候，月升总觉得内心深处有种说不出的庆幸。她想起了林初阳那番话，忽然觉得……一切好像也没有看起来那么糟。从前的失败在这一瞬间褪去了那层羞愧和可耻，变得没那么难以接受了。

仿佛劫后余生。

月升静静地看着他们眼里的光，心里的某处地方被轻轻触动了一下……不然，她去哪儿才能遇到这些人呢。

小黑山得名的原因简单粗暴，和字面上的意思一样，它是个又小又黑的丘陵，树木繁茂，山间长着各种各样的花花草草和药材，虫鸣声从路旁丛生的灌木中清晰地传过来，带出一股处于盛夏的错觉。

但拂过树梢的清冷晚风又告诉他们，此时仍是暮春。

开始的时候还是林初阳和杨亦萧一前一后 ，把月升、何芒夹在中间，后来法号“胆大心细”的那位直接耐不住性子，越过去和林初阳一起举着手电筒开路了。

几人并排举着光剑一样的手电筒刺破夜晚的小径，一路沿着蜿蜒曲折的小路向上。上山的路并不宽敞，浓密的枝叶遮盖了大半天空，只有漏下来的一点点模糊的月光，看起来有点鬼气森森的。而月升似乎毫不在意那些风吹过枝条时呜咽凄惨的摩擦声，微微上挑的眼睛睁得很大，一丝不苟地盯着前面偶尔横出来的几根树枝。

冷风吹过何芒头上五颜六色的细绳，让她忍不住从头到脚打了个激灵，杨亦萧见状要把自己的外套脱下来递给她，被月升的一个眼神中途拦截了。她默不作声地往林初阳那儿一看，林初阳立马把自己的脱下来，郑重其事地交到了何芒手里："为兄不冷。"

黑漆漆、阴森森的小荒山里，月亮躲在枝叶和云层后，光线昏暗迷蒙，到处都是小动物们断断续续的叫声和凄冷的风声，但何芒并不害怕。让她感到心安的所有人都在她身边护着她，她从来没有这么镇定、这么笃定。

就是这里，她想，就这么一直一直走下去。

野草和荆棘不时从越来越窄的小径中冒出头来，上山的路也越来越不好走，虽然小黑山并不高，但他们还是花了好一阵工夫从那些浓密憋闷的森林里绕出来，爬到了山顶。

站到那片小水泥平台上的瞬间，刚好一阵晚风从林梢拂过，他们都有一种重见天日的感觉。

林初阳深深地吸了一口山顶凉凉的空气，用力伸了伸胳膊："终于到了。"

已经是夜里十一点四十分了，何芒低头看了看手表，时间快到了。

现在还没有进入夏天，整座山体却已经变得森郁浓绿，在稀薄惨白的月光映照下，树梢和密林的颜色都格外深，仿佛随时都会从里头飘出来几团磷火。

沉寂多年的树木似乎发现了这四个闯入者，接连发出窃窃私语般幽微的响声。

山顶这块小小的水泥地浇得非常粗糙，但好歹是块如假包换的平地，四人把各自的毯子挨着铺好，坐在一起等十二点。

那天的月亮像隔着一层毛玻璃悄悄瞅着他们，四下的光线朦胧而晦暗。山顶漆黑一片，只能看到大团堆在一起的厚重浓云。

林初阳平常老是笑嘻嘻的脸上没有表情，他忍着酸痛仰着脖子瞅了半天，语气有些凝重地说："芒芒，你哥怕不是眼睛不行，就是脑子不行了。"

说完，他看向同样凝望天空的那三个人，却发现他们的表情和自己如出一辙。

天空上只有大摊浓重阴沉的乌云，别说流星，连月亮都快遮住了。

"很明显，是你脑子不行。"月升毫无感情色彩地看了他一眼。这个肤色深的人在这片浓云下几乎快隐形了，只能看见一口咧开的大白牙，她的视线从手机屏幕里的天气查询上移开，淡淡说道，"天气预报说今晚多云转阴。"

四人的目光交错，一时都不说话了。虽然这趟夜行打着杨亦萧的名头，但其实最在意也最沮丧的还是何芒，她不甘心地朝东南方的天空看了好久，才极轻地叹了口气，很不情愿地坐回那三人身边。

她对这三个人说过，白羊座流星雨代表着把希望和新生带到人间。这对杨亦萧的意味不言而喻。

现在看来，什么都没有了。

月升抱着膝盖发呆，也不知道在沉思什么。杨亦萧向后撑着手臂，半仰着头看着那片墨水池一样的夜空，目光深沉。而何芒只是不死心，不停地在上网查天气情况。

林初阳见何芒难过，于是一脸不在乎地说："没事儿，其实我精心为大家准备了一曲《流星雨》，不如唱给你们听一听开心一下？"

正走神的月升听见他这句话，猛地回过神来，整个人都抖了一下："你敢。"

旁边那两人都被他们逗笑了。

何芒又是好气又是好笑地看着林初阳："本来天公就不作美了，哥，你放过我们，做个人吧。"

杨亦萧却微笑着摇了摇头："让他唱吧。"他没听过这个跑调山大王惊世骇俗的嗓音，自然也不知道拦一下。

见杨亦萧都同意了，何芒和月升无言相望一眼，只好为了杨亦萧忍痛点头。

"你等等，"月升忙抬手捂住了自己的两只耳朵，这才淡淡说道，"唱吧。"

林初阳清了清嗓子，手里举着一瓶水，站在这三人中间大大方方地唱了起来："温柔的星空应该让你感动，我在你身后为你布置一片天空。不准你难过，替你摆平寂寞……大哥，梦想，梦想什么来着？"

本来这几句他就唱得抑扬顿挫、语气成谜，不听歌词完全认不出这是《流星雨》……结果他还忘了词。

月升嫌弃而小心地挪开耳边的一只手，嫌弃道："梦想的重量全部都交给我。"

"好嘞！梦想的重量……不行不行，我就记得高潮那几句了，大哥大哥，后面是什么来着？"林初阳常年严重偏科，靠体育一门带起其他所有科目，平常四句的古诗词都背得磕磕巴巴，只好临时场外求助。

而他这位"大哥"眨巴着眼睛，故意无辜地望着他："我忘了。"

"牵你手跟着我走，风再大又怎样，你有了我再也不会迷路方向……"

三人惊讶的目光同时投向杨亦萧，他仍是后撑着手臂坐在地上，悠然地看着什么都没有的夜空，自然而然地接起了下一句。

他的声音本来就好听，唱起歌又不走音，轻轻哼唱的声音温和而有磁性，像录音机里正在放老歌带。

这几句话顺着晚风沿着他们的耳朵吹进心里，何芒觉得自己的心湖涟漪微荡，忍不住跟着一起唱了起来。

"陪你去看流星雨落在这地球上……"温和细腻的男声、轻轻的女声和完全不在调子上的另一个成谜嗓音交织在一起，再消散在山顶的晚风和林梢的摩擦声里。

月升看着这三个人，很不起眼地牵了牵嘴角。

她听见那句“再也不会迷路方向”，不知怎么想起了第一次碰见林初阳的场景。什么有了你再也不迷路啊，她想，是有了你我们一起迷路吧。

他们几个在山顶对着乌云唱完了整首歌，林初阳没带吃的和毯子，但居然从包底倒出一整套“真心话大冒险”的牌来，他们坐在地上玩了几盘，时针早已过了十二点，天上仍是一颗星星也没有。

第二天一早还得上学，何芒答完问题，忙埋下忽然红起来的脸，嗫嚅道：“我们早点睡吧。”

树木都茂盛地纠缠在一起，气味馨香而清新，透过乌云漏下来的淡淡一抹月光落在他们四个人的脸上。整个夜空都像飘着一层半透明的深色薄纱，静夜无声。

四人并排躺着，挨得很近。月升从那个无休无止奔跑的梦境里挣脱，轻而深地喘息起来。

她平躺着，刚好看到那片比林初阳都黑的夜空。看了一会儿，她觉得无趣地转过头，正好看到了背对着他们坐着的杨亦萧。

他不知什么时候已经离开了自己的位置，撑着手臂坐在这片小平台的边缘。风把他的T恤和头发吹得如白帆一样轻轻拂动。

月升出神地看了一会儿，轻手轻脚地站了起来，小心翼翼地跨过侧身熟睡的林初阳，俯身拿起杨亦萧的薄毯想递给他。

她走到他旁边，看到轻薄的一层光浅浅地笼在他的眉梢，睫毛扫下的阴影让他的眼睛看起来格外深邃，而他正用那双好看的眼睛深深地看着山下。月升顺着他的目光看过去，忽然愣住了。

她在那一刻骤然忘记了呼吸，差点惊呼出声。

连绵的山脊温柔无比地俯着身，脊背随着呼吸有序地一起一伏。原本层叠的绿意此刻尽是深沉的墨色，环抱着山下璀璨如星火的光芒。

小镇还未沉睡，成千上万盏灯无声地从各家的窗口漏出来，交织成珠帘似的耀眼光斑，而那些珠子还在夜色里如小火苗一样微微闪动。

就像满天星星一样。

万家灯火映在他深色的眸子里，流动着一呼一吸的光。

她无言地在他身边坐下，和他一起看了起来。不知道过了多久，她转过头，认真而诚挚地看向杨亦萧眼里那些火星燎动般星星点点的光。

他好像怎么都看不够一样。

月升深深地吸了一口清冷的空气，心里忽然难过无比。她平常自诩是个没有心肝冷漠无比的人，但在这一刻，她的心弦莫名颤动。

她转过脸，对他真诚地轻声说道："活下去。"

在他们身后，侧过身背对他们的林初阳枕着胳膊，静静地睁着眼睛。

Ke'ai
Fenmi Yiban

第五章
海是蓝色的

非常茂密的树木很好地遮盖着他们，枝杈和叶片的缝隙里只有微弱的日光漏下来，太阳尚未升起，白茫茫的薄雾也还没散尽，整个小森林里都是潮湿的草木芬芳，还有微弱的虫鸣。

林初阳走在小路的最前头，浑身上下的每一个细胞都充满了活力。他全然不像身后慢吞吞打着哈欠的何芒，又跑又跳，而他的这位血脉至亲却困得不行，在月升身边摇摇晃晃，闭上眼睛就能走着睡着。

昨晚他们上山看流星雨，第二天一大早还得赶紧爬起来回学校上课，四人沿着下山的小路一点点往回走。和昨夜的阴森鬼气不同，此刻漫山遍野都是淋过水的温润绿色，空气里满是怎么也蒸发不掉的露水气息，掺着野花和青草的香味儿，闻着清清甜甜的。

月升偏一偏头，就看见两只肥胖的喜鹊在不远处停了一下脚，转眼绕着树尖儿飞去，长长的漆黑尾巴上拖着让人心旷神怡的一点绿色磷光。

她深深地呼吸着，蝉的声音就在他们耳侧，整个山峰浓绿而又清新，像一碗冰镇的水晶葡萄汁，到处都是让人沉醉的浅绿。

杨亦萧一路上都安安静静的，只是和她一样四处看着，他的眼神深沉，好像正拼命把这些景象都记住。因为每一眼都仿佛是最后一眼。

“大哥，大哥！你看这边！”林初阳知道月升分不清方向以后，说话时特意将东西南北都变成了“左边、右边、这边、那边”。这个方法还颇有成效，眼见他兴奋地冲侧面一指，月升慢吞吞地顺着“这边”的方向看了过去。

哈欠连天的何芒跟着一起转头，正好看见一轮太阳在他们身侧升了起来。

温暖又明亮的光芒缓缓抚摸着山上的尘埃，落到他们的脸上。睡眼蒙眬的何芒悄悄向旁边看了看，杨亦萧的肤色在这道光线中格外苍白，他的神情认真而专注，不过是每天都升起来的太阳，他却好像在看什么了不起的珍宝。

这么一想，她的心里无端难过一阵，转过了眼。

而林初阳则大大方方地侧头去看月升的反应，这个自带杀气的姑娘用那双明亮清澈的眼睛静静地、略显悲伤地看向远方。

雾已经散去，随风轻轻摆动的叶片颜色变得更深，在阳光下蒸发着清冽的馨香。

四个人并排站在半山腰，不言不语地望着那轮红日。

日复一日，年复一年，太阳每天都会升起，不像流星雨，日出并不稀奇。

但这样的好时光，再也没有第二次了。

林初阳第一眼见到那轮初升的红日，第一反应就是“快让大哥看看”，但他万万没想到，那个诚挚无比的想法会让他们在半山腰逗留一阵后，又使他胸腔中的血液激荡半天，热血上头，一不留神就给他们带错了路。

小黑山的路本来就又窄又陡，兼之有茂密过头的野草灌木，十分不好走。他这个带头的这么一激动，四人跟着就在山里绕了两个圈，直到太阳已经升得老高了，他们才满头汗水地从小路的入口处拨开道旁的杂草钻出来。

这天还是周一，气喘吁吁的几个人来不及嫌弃林初阳，就一个接一个连拉带拽地往学校大门跑。林初阳把他们的包全都挎背在身上，一个百米负重冲刺，狂奔到大门旁的传达室，在保安大叔惊诧的目光里把怀里的一摞毯子撂下了。

跟在最后的何芒赶到时，升旗仪式都已经结束了。四个人跑得气喘吁吁，但到教室的时候还是晚了，他们灰溜溜地钻进挨着的两间教室，又紧接着被老师礼貌地请出了门。

这不是林初阳第一次迟到，他非常自然地对老师挥挥手笑了笑，转身甩着汗湿的头发，大爷似的大摇大摆地出了门。

而月升紧随其后，她从旁边的教室门口大方而冷静地走了出来，看见几乎是同时出来的罪魁祸首，她不禁脸色一沉，很想把眼前这个人横飞一腿撂倒在地。

杨亦萧跟在林初阳的身后静静走出来，苍白的脸对她淡淡地笑了笑。月升的脑海里正模拟着出腿的动作，被这个明朗的笑容当空一砸，原本阴沉的脸顿时来了个急刹，她忙挤出了一个有些僵硬的笑容给他。

何芒一边用一只手用力给自己扇着风，鼓着脸颊吹气，一边蹦着跳着也加入了走廊罚站四人组。

整栋教学楼的教室都已经在上第一节课了，走廊里安安静静，只有这四个狼狈不堪的人面面相觑。

所有人都汗涔涔的，月升的头发鸦羽一样贴在额角，乍一看就像是个在产房里挣扎了一晚的产妇；而何芒的一头短发加上五颜六色的细绳现在看着简直和鸡毛毽子似的，色泽晦暗而怪异，一簇一簇打着绺，好比刚刚从煤窑里逃出的难民。

两个男生的脖颈和小臂上还有一层亮晶晶的汗水，好像刚从水池子里捞出来。四个人都在阳光下发光蒸腾，无言地你看看我我看看你，忍不住一齐笑了。

杨亦萧摆摆手，从自己的口袋里掏出几颗糖来递给他们。在月升含着糖开始冷静下来的时候，林初阳这个老王四处行走的脸面已经飞快地从走廊到三楼小商店跑了个来回，带回来一大包面包和牛奶。

他们就站在走廊里开始吃早饭，没过多久就下课了，从各个教室门里拥出来的学生们都惊诧地看向靠墙站成一排的这四个怪人，他们却都没有一点儿难堪。

何芒本身是个不羁洒脱的性格，杨亦萧又早就不在乎别人的眼光，月升常年眼神冰冷，面无表情得就把好几个人看得转了头。

至于林初阳……他又是笑又是正经地对这些人说道："好看，收钱。"

杨亦萧和这些人站在一起，低头浅笑。他心里清清楚楚地浮上来一个念头。

最后一次，他想，就再试这么一次。

他侧过头看向他们，在嘈杂的走廊里轻声说道："我决定回医院。"

课间的走廊里不停有经过的学生，他们互相交谈的声音那么乱那么响，可这三个人还是清楚地听到了。

"老杨，你认真的？"林初阳上一秒还在跟人伸手收钱，下一刻就愣住了，他知道杨亦萧的脾气，一时还不太敢相信。

那个想法本来在杨亦萧的脑海中像雨雾一样缥缈不定，但它逐渐从那团雾气中挣脱出来，凝固成形。

"我想试试看。"杨亦萧看了一眼月升，随即轻松地笑了笑，像在说什么无关紧要的话，"我想活下去。"

有一条知名的定律是决定木桶能盛多少水全看短板，林初阳身为一个除了体育一根长板没有其他板的奇男子，每年一到这个时候就愁得上蹿下跳，不知道到底该送何芒什么生日礼物。

虽然有短板，但人家起码是个桶，而他直接是根横平竖直的粗糙扁担，只差举起柴刀上山劈柴了。

他这位血脉至亲性情捉摸不定，又什么都不缺。去年他逼急了，在最后一刻把目光锁定在了童包区，给她买了个幼儿园小朋友背的粉色小糖果包。

今年就好多了，林初阳大方地拎着两只包装细致的小纸包，哼着调子慢吞吞跟在月升身后进了医院大门。

他林某人给人家当了这么多年任劳任怨的哥，如今也是个有大哥罩着的人了。

六月六日，芒种。

十六年前的今天，何芒在这家医院里出生。和以往的每一年一样，她的生日还是在医院里过的，但今年有一点特别的地方。她收到了这十六年来最好的礼物：杨亦萧正式跟学校请了假，在这一天搬回了元嘉镇医院。

何芒知道杨亦萧不喜欢太热闹，匆匆和那些准备好蛋糕的小护士打了个照面，就钻回了杨亦萧住的428病房来和自己人庆祝。

医院这个地方准备的食物也十分有限，酒水碳酸饮料一概没有，林初阳皱着眉头在满桌柠檬水和牛奶里头挑了半天，才痛下决心一般地拿起一杯来和他们一一相碰。

一半是为了给何芒过生日，一半又为了庆祝杨亦萧“乔迁”，月升那天起得很早，拉上林初阳悄悄去甜品店一起依葫芦画瓢做了个蛋糕。

和杨亦萧碰杯的时候，何芒微微低着头，不太好意思看向他的眼睛。

就在这个时候，林初阳向门外的某个地方使了个眼色，然后突然一个跨步走到门旁，“啪嗒”一声关上了灯。

在骤然而来的黑暗中，一团温暖的光芒从门口飘了进来。

那道光本不明亮，影影绰绰的，但在周围的黑暗里，它简直像一个小型的UFO，端着它的月升步伐稳而轻，随着那团光一起从门口幽幽飘到何芒跟前。

她的手特别稳，没开灯绕着桌椅和病床走这么一段曲折的路，蛋糕上的蜡烛都没抖一下。

在这一天，跟屁虫三人的据点也正式从甜品店转移到镇医院，林初阳早就耐不住性子，婚庆司仪一样对何芒乱喊：“芒芒，大喜的日子，许个愿吧。”

何芒借着烛火看向这三人模糊的面孔，眼眶悄悄湿了一下。她对着那个塌得像井盖似的蹩脚蛋糕闭上眼，虔诚地双手合十，一字一句道：“希望大家都要开心快乐、长命百岁。”

她说完这句话，飞快地悄悄瞅了杨亦萧一眼。他的脸被烛光镀上一层温暖的薄光，像潮湿的洞穴里堆着的金子。何芒一个没忍住，又向那个方向瞄了瞄，这才小心地收回眼神，继续在心底又许了一个。

“我希望……”

吹灭蜡烛的那一瞬间，灯光重新亮起，何芒看着他们精心准备的彩色气球、彩带枪、大大小小包装用心的礼物，还有最重要的，她眼前的这些人。

一切都完美得太不真实了，何芒知足无比地看向这三个人，忍不住轻声说道：“还是第一次和你们一起过生日，要是每一次都……”

她蓦地意识到失言，声音逐渐小了下去。他们其实都知道，按杨亦萧的身体情况，说不定这就是最后一次了。

林初阳见她神色不对，赶紧接过话头，他大大咧咧道：“快把flag（网络用语，意为一语成谶、乌鸦嘴）拔下来，我们搞竞技体育的，说指望都不兴说什么‘第一次’‘最后一次’，快快快，都插在我背上，让我给你们即兴唱一段京剧。”

月升本来还在对何芒努力挤出一个自然些的微笑，听到“唱一段”这三个字，笑脸骤然僵硬，凝上一层薄霜：“你说什么？”

“不是。”她的脑子转得明显比林初阳这根行走的扁担快得多，随之赶紧扯开这个危险的话题，“我是说，你刚才说，不说‘第一次’‘最后一次’，有这回事？”

“他们我不清楚。”林初阳没想到她这么问，挠了挠头，“但我是这样的。”

“那你们……你都说什么？”

林初阳抬起眼睛瞧向她，隔着那个井盖一样的蛋糕对她满脸真诚地一笑，在灯光下露出一口白牙。

他的声音轻轻的，但很笃定：“下一次，每一次。”

白羊座流星雨本来的寓意其实是天真和活力的陨落。传说中古希腊一位恶毒的皇后试图迫害王子和公主，而一只勇敢的白羊识破了阴谋，努力抗争。

但经过种种努力，最后他们还是失败了，王子不知所终，公主掉进大海……

但也正是这样悲伤的陨落，才把希望和新生带到了人间。

谁也不知道，那天在走廊里杨亦萧的一句话，冥冥之中就那么决定了他们四个人今后的人生。

盛夏的日落晚，黄昏时也带着一股白日里令人恼火的闷热，在教室最后闷头睡了一下午的男生，迷迷糊糊从自己汗涔涔的胳膊中间抬起了脸。最后一节是语文课，细声细气的张老师正在指着黑板给他们讲《我与地坛》。

他昨天训练太狠，凌晨才沾枕头，还没等睡熟又被一路提溜来了学校，整个人困得精神恍惚，一睁眼就看见摊开的课本上史铁生那张眯缝着眼的笑脸。

史铁生看上去那么亲切和蔼，好像一点也不对命运的不公愤懑恼火。男生默然盯着那张印在课本上的小小照片，想起了一个笑容同样满不在乎的人。

他们被逼到绝路了，还能给对方一个无所谓的笑容：你看，我还能笑出来，你拿我没办法的。

男生怔了怔，看到了照片下面的那一小段文字。那是史铁生写的句子：

“春天是树尖上的呼喊，夏天是呼喊中的细雨，秋天是细雨中的土地……”

他看了一眼，改掉了最后一句。

窗户外头的阳光正好从他的头侧拂进来，挑起整间教室里混在沉闷呼吸里的粉笔灰，闪烁的尘埃在他面前不停飞舞。那束光还扫过黑板上写的迟到批评，照亮了苍白无力的三个字——林初阳，他的名字。

下课铃在这个时候骤然响起，林初阳从桌洞里掏出空荡荡的书包，单手扶着桌子往外一撑，在老师和同学们震惊的目送下，用一个姿势标准的跨步蹿出了教室。

他三两步跃到隔壁班门口，耐心等着铃声全部响完。踏着那调子的最后一段，一个满脸冷漠的女生也从门里快步走了出来。

她的眼角天生微挑，笑一笑一定很好看，她却面无表情，老是耷拉着脸。她后面跟出来的女生就活泼得多了，顶着一头古灵精怪的缠满五颜六色细绳的短发，笑嘻嘻冲他做了个鬼脸。

冷面的那个女生像特务接头一样淡淡地对男生点了点头："走吧。"

林初阳喜笑颜开地接过这两人的书包，接着，三个人在还没来得及被学生塞满的走廊里快步跑了起来。

这一阵他们都是这样，早晨在医院门口会合一起上学，下了课就匆匆赶回医院，在428病房和杨亦萧一起写作业玩桌游。几天下来，428病房已经正式替代甜品店，成了这四人的第二个正式据点。

月升和何芒本来就是在医院里长大的，换了个地方也并没觉得哪里特别，但林初阳是新奇得不得了，俨然把这儿当成了第二个家，见了门口保安也要用力挥舞手臂，亲切无比地像灰太狼一样打招呼："我又回来啦，大爷！"

大爷远远一看那个像雨刮器一样招手的男生，笑呵呵地说："来啦！"

他们绕过门诊，走到住院部，再一路上楼。医院的走廊里飘着经久不散的消毒水味儿，兼有小孩一阵阵嘶哑虚弱的哭声，在黄昏时分看着也就有些阴冷沉闷。

但大把的阳光又从窗口落进来，把前头那个身上背着三个包还能蹦起来的男生照得釉面一样发亮，让他看起来完全不属于这里。

他看着是那么轻松快活，肤色健康、肌肉匀称，伸展的两条长腿蹦蹦跳跳，简直要和阳光融为一体。

月升跟在他身后，心底忽然涌出一阵迫切的、想要和他一起跳着走的欲望，她用仅存的理智面无表情地看了一眼身旁的何芒，忍住了。

何芒倒是兴高采烈地加入了林初阳的阵营，也跟着往前蹦了几步，接着跑了起来，想越过他。

树梢繁茂的枝叶在窗口云彩一样悠然浮动，慢慢走在最后的月升把目光扫过何芒期待的后脑勺，扭头看向窗外。云层纤薄，晴空湛蓝，温暖和煦的光轻柔地拂过枝叶落到长廊的地砖上，湖面一样映出一片光亮。

她顺着光看向走廊，猛然周身一寒，如同瞬间掉进了冰窖。那些冷冷的大理石突然向前飞快拉长，光影交错里，一个女孩儿正在往前跑……她眼前清清楚楚地浮现出那个摆脱不掉的梦境。

梦里的她带着满身不知如何是好的恐慌和迷茫看着前头那道颜色危险的光，拼命向光芒里跑过去，可是没有尽头。那团刺眼的光好像只是一个幻境，她无休无止地朝着那个方向狂奔，好像身后有什么东西紧紧追着，而她只能徒劳地看着那片和她一起后退的光，永远都到不了。

月升浑身僵硬地站在走廊里，心里“咯噔”一声，浑身血液好像瞬间结了冰。

长廊的影子在她面前不断延伸，她的呼吸接着急促起来。

何芒笑着越过林初阳跑到病房门口，推开门进去，林初阳本着“友谊第一，比赛第二，你先你先，我不和你争的”高尚精神，慢悠悠一回头，看见月升莫名其妙地站在原地不走了。

她那双漆黑的眼睛失焦地、略显慌乱地盯着前面，对他喊的“怎么啦，大哥”充耳不闻。林初阳一怔，转头快步走了过去。

月升的指尖攥得发白，在别人眼里她只是站着没动，但她已经在那条没有出路的长廊里奔走了好久好久。她茫然地望着前面那一小片深色的地砖，俨然一只误入陷阱的小白兔，往日里装作凶巴巴的表情都顾不上了。

怎么走都走不出去，没有出路。她的心底有个声音在悄悄对她喊，没有出路，没有出路……

林初阳瞧着她难得柔软的脸色，心里却觉得不妙，他试探着叫了句“大哥”，见她没有反应，果断俯到她耳边，沉声轻喊道：“月升！”

她被这声“月升”一惊，陡然挣脱那个梦魇，惊疑不定地看着眼前正对着她笑的林初阳。

“我是说……大哥。”林初阳怕她生气，忙低头摸索起来，他身上连背带挎着三个包，但没怎么找就飞快地掏出了什么东西来，递了过去，“吃糖。”

月升看向他手心里的那颗水果糖，明显是还没回过神来。她一脸无辜地接过来，撕开红色的包装纸放进嘴里，慢慢嚼了起来。

“吃了我的糖，就是我的……”林初阳刚要往下说，月升已经重新露出了那副凶巴巴的标准表情，一言不发地一个抬眼，看得他生生刹住话头，完全不生硬地接道，“我就是你的人啦。”

月升含着这颗明显是“蓄谋已久”的糖，嘴角不起眼地向上牵了牵。

但林初阳看到了这个若有似无的笑，轻声道：“又找不到路啦这是？没事，没事，跟着我，马上就到了。”

腮帮子鼓起一块的月升含含糊糊地“嗯”了一声，她扫了一眼他在阳光下的笑脸，不知怎的想起了那天晚上他们在小黑山上，他唱的全程走调的那首歌。

“牵我手，跟着我走，风再大又怎样……你有了我，再也不会迷失方向。”

她怔怔地看着他的背影，心里轻轻响起一句话：再也不怕迷失方向。

“你俩干吗呢？”何芒从前面不远处的一扇门里探出头来，她小心地回头看了一眼，压低声音换了个语气，“尤其是你，哥你也太磨叽了吧，月升快来，我们不理他。”

别看何芒顶着一头玛丽苏标配短发，日常生活里，何芒其实更像一个张牙舞爪的女生，无拘无束的。可在面对杨亦萧的时候，她又变成了一个老老实实的心虚少女，大声说话都不愿意了，更别提数落她这位洒脱不羁的血脉至亲。

“快进来。”她的声音重新变得甜甜的，“我们玩牌啦。”

一间规规矩矩的病房里，床上坐着的少年笑眯眯地看向身侧，他生了一双朗目，眼尾一颗漆黑的痣，衬得那双微挑的眼睛格外动人。一个小麦色皮肤的男生哀叹一声，痛定思痛地放下了手里的牌：“我选‘大冒险’！”

神情冷冷的女生坐在他旁边，偏头一瞅，看见了牌上的那一行小字“五十个蛙跳”。

不久，住院部四楼的地面传来一阵诡异的震颤。

又过了一会儿，四楼挨着树梢的一个窗口，忽然传出一句字正腔圆的：“我是超人，我要飞了！”

那句话的尾音还带着点儿颤抖，把一只正在窗外树枝上探头的小鸟吓得一哆嗦，差点掉下去。

短发女生晃着腿坐在病床旁边，笑得快上不来气了。她摆摆手，见到月升蹙眉轻轻念道：“……喜欢的人？”

何芒的脸跟着一红，上次在小黑山上就是她抽到的这个问题。月升则没什么反应，大多数时候，她看着都像一个看破红尘行走世间的师太，在感情上冷漠而寡淡。

“没有。”

“从来都没有过？”林初阳明显十分关心这个问题，凑过头问道。

月升认真想了想，其实她也搞不清楚自己对亲密关系是什么感觉，从小和父母聚少离多的疏离感，让她本能地对这种感情既羡慕又抗拒。

“可能是我不值得爱吧。”她摇了摇头，自嘲了一句。

杨亦萧抬眼看向她，声音轻轻的，但很笃定：“你值得的。”

“对的，对的。”床边的何芒也忙说道，“月升乱想什么呢，我夜观天象……你值得的呀！”

月升一怔，接着听到坐在自己旁边的林初阳沉下声音认真对她说：“月升，你什么都值得。”

他们三个的声音是那么诚恳而不容置疑，让月升愣了好半天。

此后经年，在无数条她迷失方向的路上，她面对着那些荆棘和浓雾都会想起那天下午透亮温暖的阳光，想起这几个十分重要的人。好像不论前路再怎么艰难辛苦，她咬一咬牙也能拼命撑过。

只为了这三句轻轻的“你值得”。

这个小镇和从前的每一天一样，早早就弥漫开了人间烟火的气息。

盛夏四点多天就亮了，但到底时间早，清晨的天还泛着微微发青的白，沿街的几家早餐店的店主已经纷纷拉开了卷帘门，搬出几张桌椅忙活了起来。

有的店主在沸腾的锅里扔下几十只馄饨或汤圆，有的师傅正眯着眼睛在细碎的噼里啪啦声里炸南瓜饼和油条，张姐摆好碗筷，低头认真地擦起桌子来。

早餐店里的大多数人其实都在打着哈欠等待天亮，等待像血液一样匆匆流动的人群在这儿稍作停留，把胸膛像灶膛一样胡乱填进温热的一股甜味儿，维持着又一天疲惫跳动的心脏。

但今天似乎有哪里不太一样。

太阳还在鸭蛋壳似的薄云后微微透着光，已经有两个客人坐下了。

张姐收起抹布，在围裙上抹抹手脸上堆着笑朝那儿迎上去："两位来点儿什么？"她一边说，一边悄悄打量起这两个起大早的年轻人。

女生把一头乌黑的头发扎成一个利索的马尾，露出一张平静又动人的面孔，她的额角还有些汗水，把原本就白皙的皮肤衬得像瓷器一样发光，是个十足好看的姑娘。只可惜她的神色淡漠，眉眼间横着一股寒意，让人感觉很难亲近。

坐在她对面的男生穿着一件湿透的T恤，深色的皮肤因为汗水而显得亮晶晶的，正在深而缓地喘着气。两人都穿着白色上衣和黑色的运动短裤，显然是刚刚晨跑完。

但他的神情就平易近人得多，明明两人都穿着差不多的白色，却硬生生穿出了两个极端：一个热情如朝阳，一个冷清如弯月。男生看见张姐走过来，眼底带光地歪头一笑："姐——咱家都有什么好吃的呀？"

一瞧这亲切劲儿，不知道的还真以为他是这家早餐店日后的继承人了。

这个男生的肤色虽然偏深，但仔细瞧瞧，他生得的确眉清目秀，瞳仁黑亮，给人一种充满朝气的感觉；鼻梁挺直，嘴角上扬，笑一笑，阳光就直接从头顶上倾倒下来。

这个朝气蓬勃的年轻人兴冲冲地看了一遍菜单，眉飞色舞地点了起来："来两根大油条、两个炸麻团儿，豆浆也要两碗吧。大哥你还想吃点什么？"他点得不多，好像是怕这位"大哥"不喜欢。张姐有点好笑地见他把菜单递过去，殷殷地看着对方。

那个女生只飞快地扫了一眼，就抬头干脆利落地说道："他刚才点的那些只要豆浆，麻烦再来一屉雪菜包子、两个茶叶蛋……对了，豆浆不放糖，谢谢。"

她的声音倒很温和，礼数周全，却给人一种不容置疑的感觉。

张姐爽快地应了一声，转身就回头去端包子，她耳朵尖，听到背后那个姑娘在说："你快比赛了，上点儿心。"

男生就跟着道："是是是，我知道错了……但是……"

然后不知发生了什么，他忽然就老老实实地噤声了。如果张姐回头，就能正好看到那个女生抬起右手，横着在脖子上做了个“灭口”的手势。

这两人正是林初阳和熊月升。

林初阳七月中旬要去市里参加比赛，最近一直在准备，偏偏又快期末考了，高二结课的期末考直接决定了高三分班，马虎不得。他一个常年在课上和在床上一个状态的闲散人士一不留神就被这两件大事搞得左右支绌、焦头烂额，只好急忙场外求助了他“大哥”。

月升这个正儿八经的“大哥”占了人家这么多便宜，思来想去，只好放低身段，委曲求全，撸起袖子亲自下场，试图抓起这摊委地多时的烂泥。

学业时间紧，他们就起大早晨跑，月升先是像遛狗一样看着他绕着学校狂奔五圈，再一路盯着他吃早饭上学。因为他们俩不在一个班，月升就直接和阿祖交接明白，在一班门口把他放下，由正上早自习的阿祖押送回去背课文。到了午饭时间，她就在食堂坐在他对面抽查单词和定理公式，饭后再重复一次门口投递活人的动作。晚上因为怕打扰杨亦萧休息，放学后他们就不去医院，而是混在那些自愿留校自习的好学生堆里，一路学习到九点钟再走。

至此，一天的任务才算全部结束，他们一起走到医院门口，蹭何芒家里的车各自回家。

何芒和他们兵分两路，傍晚直接去医院和杨亦萧一起复习。两队人马为了这个至关重要的期末考试也算拼尽了全力，何芒那头独特的短发因为没时间打理，已经怎么看怎么像个花枝招展的鸡毛掸子了。

林初阳的妈妈是从“亲闺女”何芒那儿知道月升的。何芒先是把月升的成绩一通赞美，又提到是月升一直在揪着她这不成器的哥学习，最后委婉地一提，月升的父母都不在了。林母看月升长得好看，一脸正气，热衷替自己给这个头脑过热的儿子浇冷水，又楚楚可怜，像自己又一个失散的亲闺女，不由得对她越来越喜欢。

到后来月升都觉得，林母一看到自己就亲切得仿佛看到了家里任劳任怨的保姆熊阿姨。

熊阿姨本人盯林初阳盯得也紧，自从开始准备比赛和考试，林初阳就和那些油炸、烧烤、添加糖挥手告别了，膨化食品一口不能碰，碳酸饮料也想都不要想。刚开始，林初阳当然惦记那些炸鸡、薯条和可乐，但他没有权衡多久就发现，自己还是更舍不得月升这个大哥。

张姐把豆浆端上来，看到林初阳就又是满足又是哀痛地咬起了素馅包子。月升剥着蛋，眼皮也没抬道：“慢点吃。”她的手稳，蛋壳剥得非常完美，一点儿瑕疵都没有。

林初阳“嗯”了一声，低头小心喝起碗里的豆浆来。他一边喝一边瞧着月升的脸色，她看着还是那么冷冷的，神色专注而凝重，好像手里的不是茶叶蛋，而是一枚等她处理的手榴弹。

怎么老也不笑呢？他的心思一动，问道：“大哥大哥，我有个问题想请教一下。”

“说。”月升微微一偏头，示意他继续。

“嗯……你说海为什么是蓝色的？”

“因为光的折射。”

“不对，不对，”初阳一本正经地看着她，“很简单的，你再想想？”

月升抬眼打量了一下他：“不信你去问问大美。”

大美是他们的物理老师，满腔热血、年方四八，生平最擅长的就是占用体育课带领他们做突击小测，还经常拦住准备放学回家的学生们答疑解惑，堪称十一中教学队伍里一枝独秀的高岭之花。林初阳几次在去篮球场的路上被她横路拦截，现在一见她都恨不得脸皮蹭着墙根儿走。

他尴尬地呵呵了一声：“这……这就不用了吧。”

月升想了想，说道：“那你说，是因为什么？”

“因为海里有鱼啊。”

“嗯？”

“哎呀，因为鱼会吐泡泡。”

“……”

“Blue（蓝），blue，blue……”

月升一脸无语地看着他，深深被这个笑话冷到了，但她本来就是个冷静的人，虽然有些惊讶，但眼皮都没动一下。

“大哥，你笑一个嘛。”林初阳见她毫无反应，不由得懊恼起来，“都是老吴教我的，他说肯定好笑啊。”

林初阳的眼神困惑起来，好像在思考什么非常要紧的事情：“是哪里不对呢？”

他咕哝着端起碗，一不留神没拿住，滚烫的豆浆泼了满怀。他“嘶”了一声赶紧手忙脚乱掏出纸巾开始擦，却仍旧一脸凝重地喃喃自语：“怎么会不好笑呢？”

这种时候，他关心的问题还是“怎么你不笑呢”。

月升凝视着他的脸，忽然笑了起来，不是蒙娜丽莎的微笑，不是用力做出的假笑，那是一个真正的、纯粹快乐的笑容。

林初阳结结实实在她小铃铛一样欢快的笑声里愣住了，他睁大眼睛，组织了好半天语言才问道：“什么……什么事这么开心呀？”

月升还在笑，她这么多年来还是第一次这样在人前笑出声，眼泪都快笑出来了，差点停不下来：“很高兴……”

“嗯？”

她越笑越开心，好像很努力才止住笑，眼角晶亮地看着他：“很高兴认识你。”

林初阳闻声一怔：“我也是，我也是！”

他看着月升的脸，忽然发现什么言语措辞都在一瞬间变得那么苍白无力，千言万语中，此刻能表达他感情和想法的话居然只有这么一句“很高兴认识你”。

他在阳光下一笑，认认真真道：“我也特别特别高兴，认识你。”

Ke'ai
Fenmi Yiban

第六章
他是一个字

傍晚的天色晦暗而阴沉，几朵铅灰色的乌云紧压着房檐无声翻滚，空气里飘浮着纠缠不清的潮湿和闷热，一辆辆“皮肤”滚烫的车在被炙烤了整天的马路上疾驰而过，带起一路死气沉沉的土腥味儿。

林初阳站在路口边的一棵梧桐树下，眯起眼叹了口气：“这是知道我要走了，老天都忍不住想哭了。”

月升站在他旁边，闻声瞄了他一眼。两侧的路灯刚刚亮起来，斜投过来的光正好扫到他身上，让他的眼睛忽闪忽闪的。

隐匿在梧桐树浓绿厚重叶片下的蝉还在不知疲倦地尖叫，月升听着那些声嘶力竭的蝉鸣，忽然想到如果何芒在这儿，她一定会十分嫌弃地“呸呸呸”几声，然后追着林初阳纠正他：“说什么要走了，不吉利，你是要去比赛了。”

她的心里生动无比地展开了一场热闹的小品，表面上却波澜不惊。就算在她的脑内小剧场里何芒已经在林初阳脸上挠出一整幅清明上河图，她也只是轻轻抬起眼对他“嗯”了一声，表示自己听见了。

七月中旬，所有的蝉鸣仿佛都积攒着一道蛮横暴烈的惊雷，他们俩站在路口的一棵树下，无所事事地等着人。

这几天他们的生活极其规律，放暑假之后，四人组也随着杨亦萧的又一次治疗被战略性分成了两队。不知道是不是奇迹发生，杨亦萧重新回到医院后，竟然渐渐有了好转的迹象。医院主任对此十分惊讶，表示如果他能一直这么持续输血规范治疗，目前的情况十分乐观，如果恢复得再好一些，在高三开学的时候他还能重新回到学校去。

甚至……如果上苍垂怜，能让他在这从命运手里抢出来的几个月甚至一年生命中，等到合适的配型……

那对他而言，就是重生。

苦尽甘来、柳暗花明，被这个惊喜当空砸中的何芒却并没有丧失理智，而是立马做好了规划。每天一大早，她就先赶到甜品店帮忙烘焙当天的甜点。重新投入这种见不到头的治疗需要钱，这里的生意不能丢。然后，她再和晨练完的月升、林初阳匆匆交班，由他们俩帮忙看店，她则带上课本又赶往医院去和杨亦萧一起补习。

她自己上课常年和她哥一起结伴神游，成绩实在凑合，为了不耽误杨亦萧的进度，她只好跟月升借了一摞笔记，半夜搞起突击战术。直到背后的窗户透出一点些微的青光，她才匆匆沾一会儿枕头，两三个小时以后，就又得洗把脸奔向甜品店。

马不停蹄地三头奔波，何芒过得疲倦但快乐。几次清晨交班的时候，林初阳都看见她顶着两块盖不掉的黑眼圈忍不住傻笑，他几乎肯定地觉得，就算一天下来何芒累得神志不清地瘫在墙角，她也会用最后的力气掏出手机，盯着杨亦萧发过来的信息心满意足地一边吐血一边擦屏幕。

不久，林初阳就要去参加市里的比赛了，头天晚上他们四个大忙人在医院难得玩了回“真心话大冒险”后，一致决定一起去看场电影，庆祝杨亦萧的身体状况好转，兼之为林初阳饯行。

但有道是计划永远赶不上变化，昨晚他们玩游戏的时候还是清风伴着朗月，转眼天公一言不合地就耷拉下脸，冲他们翻了个巨大的白眼。

小蒸笼一样的夏夜酝酿着一场大雨，林初阳在沉闷的空气里深深呼吸了一口：“他们俩可比我还磨蹭了。”他看了一眼手机，忽然“哎”了一声。

“怎么了？”

“唉，芒芒发消息说不来了，她不太舒服。”

早上交班的时候，他们就看到何芒的脸色不太好，灰白灰白的，连带着缤纷细绳的短发也跟着暗淡无光了。

“她太累了。”月升想起她出门时眼里的光，忽然想到，义无反顾地扑向火苗的飞蛾是不是也是这样。

“芒芒这可以理解。”林初阳挠了挠头，有些困惑，“老杨怎么也不接电话？”

他皱着眉又一次拨了杨亦萧的号码，话筒里只传来一次又一次的响铃声。很快，一个冷冰冰的女声就机械地对他们这些不死心的人说道：“对不起，您所拨打的……”

林初阳挂掉了电话。

月升看了眼林初阳的脸色，凑了过去。其实他倒不是怕杨亦萧也不来给他饯行，反正横竖有他大哥在这儿，大家兄弟一场，他总归不会可怜兮兮地自己往电影院跑。不知怎么的，他心里莫名其妙觉得哪里不太对。

月升低头也掏出了自己的手机试着拨通，在铃声响起的那一瞬间，她蓦地周身一冷。

“嘟嘟嘟……”

那天也是这样，她冷不防想起自己怀揣着巨大的恐慌给妈妈打电话的场景，话筒里只有像是永不停歇的来电铃声，不会有人接通。

她的心脏不动声色地开始狂跳起来，却仍然努力维持着一脸镇定，一把挂掉电话，冷冷道：“我们去医院看看。”

他们俩走在深沉的夜色里，一辆辆车堵在道路中央，像暴力游戏里那样闪烁着不耐烦的刺眼灯光，不时传出焦躁不堪的喇叭声。

两人步履匆匆地走过一个拐角，远远看见医院外面的那条路上怪异地堵了很多人，把路都挡死了。

这又不是工作日，晚高峰也不带这么堵的吧？

“这是什么情况？”林初阳惊讶地睁了睁眼睛，“小杨同志不会是被敌人堵进包围圈里了吧？”

但月升看着那些乌泱泱的人，心里的恐慌越来越剧烈，那股纠缠不散的恐惧顺着她的心肺流进四肢百骸。她看到那些攒动的后脑勺，下意识手脚一冷，闷头就想往前快走挤过去。

两人艰难万分地试图穿过人群，几乎挤成了姿势怪异的皮影。林初阳怕月升和自己挤散了，小心地让她抓着自己的手腕，而他则努力向前深入“敌营”，试图穿过这个密不透风的包围圈。

连着被迫拐了两个弯，前面的路才好走一点，月升紧紧抓着林初阳的手腕，忽然听到人群中传出来一句：“肯定是醉驾。”

另一个大妈紧接着说道：“咳，可不嘛，自己不要命，还搭进去一个男孩儿。”

与此同时，林初阳终于突破重围杀到了阵前，月升感觉到他的手剧烈地抖了一下。

“怎么了？”

他的手还在不住地抖，他却反常温和地说：“没事。”

一个大爷在这个时候接上了话茬：“那孩子也是为了救人，唉……当妈的不把自己小孩儿看住，哪有大半夜让小孩儿满街乱跑的，这倒好，把别人家孩子都搭进去了……”

月升心里猛地一空，闷头就要往前挤过去。

就在这个时候，林初阳忽然转过身，挡住了她的视线。他的脸色白得吓人，但强忍着装出一脸镇定的样子：“没事。”

“是他吗？”月升开始大口地呼吸起来，她不知为什么，几乎肯定地说，“是他。”

她一蹙眉，向左试图越过他，但刚跨出两步就被林初阳从背后一把拉住了。

“放手。”她回头看着他，说得斩钉截铁，声音里却有一丝藏不住的慌乱。

林初阳的脑门上亮晶晶的全是冷汗，他没有放开手，而是走近她，安慰地冲她笑了笑。

死气沉沉的夜晚终于带起一道热腾腾的风，送来一股非常明显的铁锈味儿。那阵腥咸的气息花香一样萦绕在他们的鼻尖。月升一愣，如遭雷击，她短短地诧异了一下，想起眼前的这个人晕血，忙喘息着轻声说道："你快转头！"

她的声音越来越小："我……我再看他一眼。"

她看出林初阳已经在强忍着不要晕过去了，那个人的脸上没有一丝血色，嘴角还有些细微的颤抖。月升没怎么用力就挣脱了这个快倒下的人，她刚一转身，眼睛忽然被一只冰凉的手轻轻覆上了。

她感觉到那个人的手还在止不住地轻颤，紧接着，她的手心里好像抓住了什么东西。

林初阳费力地用另一只手从裤子口袋里掏出一颗糖，一言不发地塞到了她手里。

四周倏地一亮，闪电一把劈开厚重阴沉的云层，紧接着，被炙烤一天的云层终于被热浪烧穿一个洞，瓢泼大雨转瞬倾泻下来。

元嘉镇七月里一场突如其来的暴雨接连下了几日，直到那条街上的血渍被冲洗得一点痕迹也没有了，才稍微有了那么一点停歇的迹象。天色仍旧是盛夏少有的阴沉，惨白的天空还透着最后一点阴魂不散的墨意，仍旧下着绵绵的冷雨。

两个撑着黑伞的姑娘并肩走在人行道上，街上行人寥寥，她们走得很慢。

街边堆着的落叶散发着一股令人厌恶的死水气味，往日里的蝉鸣都被浇灭了，她们俩都微微低着头，谁也没有说话。

月升稍稍侧头，一言不发地看着何芒去掉五彩缤纷细绳的短发和无神的眼睛，她的眼睛愣愣地睁着，看起来十分茫然，一张巴掌大的小脸白得一点血色也无，但她也没有掉眼泪，只是和月升一起迷茫地在闷头乱走着。

月升静静地看了看她，收回了眼神。

杨亦萧的葬礼十分简洁、安静，一切井然有序，像早就安排好了一样，什么差错都没出。就连杨亦萧的母亲也并没有在那儿号啕痛哭，她只是红着眼圈一言不发地站在那儿，直到骨灰盒封进墓穴时，苍白的脸颊上才淌下一道泪。

没有人撕心裂肺，那场葬礼像极了一场无声无息的黑白默片，她们一言不发地走进去，又静悄悄地退了场。

林初阳在外地比赛，回不来，两个从陵园走出来的人慢吞吞地晃了半天，往医院的方向走。

以往何芒去医院的时候，都是那么迫不及待，她等不及想要见到那个人，哪怕悄悄看一眼也好。

现在……她的步伐却十分缓慢，几次都差点儿跟月升走错了方向。

但那也没关系了。

两人走了好半天，才绕到了医院门口的那个拐角。月升一愣，在原地站住了。她不想何芒从出事的地方经过，本来以为拉她绕到了另一个方向，结果却还是没有。

何芒继续丢了魂儿一样往前想过马路，对身后月升的停顿毫无察觉。月升见她闷头往斑马线那儿走，忙一把拉住了她：“芒芒，是红灯。”

何芒的手指很柔软，也很冷。她呆呆地回过头看着月升，愣了半天，忽然哭了出来。

她在得知事故的那天没哭，在太平间见他最后一面的时候没哭，在最后的葬礼上也没哭。月升有时候觉得，比起那些脆弱的人，她们这些硬是忍着不肯掉泪的才更蠢吧。

可是现在，何芒哭得越来越伤心，手里的伞都丢在了地上。泪水像一串串晶莹的小珠子，从她的眼里阵雨一样落下来。

下着雨的午后没有什么行人，只有稀稀落落的两三辆车从她们身边经过。月升一言不发地任何芒紧紧攥着自己的手，用另一只手臂举着伞，撑在她们俩头顶。

就是这里。

这是何芒第一次碰见杨亦萧的地方。她站在人行道上睁大“三只眼睛”左右张望了一下，确定没有车开过来，这才要往前走。

谁知道她刚迈出信马由缰的第一步，身后一道温柔的男声就顺着她的脊柱爬上了她的脑门儿：“等等！”

好像是为了衬托这句轻声细语的话，她刚一诧异地回过头去看他，一辆放浪形骸的黄色摩托车就在她前方不到一米的距离尥着蹶子呼啸而过了。

她愣愣地看了看那个消失在烟尘中的外卖小哥，接着就听见那个好看却有些苍白的男生继续说道："是红灯。"

"我知道，我看见了，不好意思啊，有点急事。"她表面上这么说，心里却悄悄叹了口气。

她从小就是色盲，但她很不愿意用这种方式去博得大家的关注，尤其是母亲去世之后，她不知道从哪里冒出来一股执拗劲儿，就是不愿意向生活和她父亲服软。带着最后一点骄傲，她在生活中表现得一切如常，刻意忽视了这个不完美的缺陷。

但她自己也明白，看不见就是看不见的。

何芒呆呆地点了点头，无言地和那个男生一起站了一会儿。

那个清秀的男生"嗯"了一声，走了过来："正好我也要过去，要一起吗？"

元嘉镇不大这儿是镇子里少有的大十字路口，四通八达，事故高发，东南西北哪儿冒出来的人都有，比如刚才平地里蹿出的外卖小哥，就和她在这条街上打了至少八回照面。但是……她发现自己从没见过这个人。

而且……她刚才明明看到，男生原本是直走的，根本就不打算过马路。

"绿灯亮了，我们走吧。"那个笑容温暖的男生对她微微一点头，两个人没有任何接触，就这么隔着一小段距离走上了斑马线。

她抬头看了一眼对她而言没什么用的灯牌，又悄悄看了他一眼。她眼里的世界和大多数人都是不同的。

而在那一瞬间，她却忽然觉得眼前这个人挣脱了那些沉闷怪异的晦暗，有了鲜活的颜色。

她的心脏怦怦跳了起来，忙低头看向别的地方。她听见脑海里有个声音悄悄念了一遍：他的眼角有颗痣。

等到她魂不守舍地走到街对面，才发现那个人已经顺着人群离开了。

绵绵的雨丝又细又密，像无数根闪着光的牛毛针一样刺在黑色的伞面上。

月升仍旧稳稳地握着伞柄，她似乎是迟疑了一下，终于还是试探着伸出另一只手，环住了何芒颤抖的肩膀。

是不一样的。月升忽然想起林初阳说的那句“这是老天在为我伤心”，轻轻摇了摇头。

雨声和哭声，听起来是不一样的。

元嘉市火车站。

刚下车的人们疲惫地拎着大包小包，从刚停下的车厢里一批又一批拥出来。夏末的热浪有一种死气沉沉的闷，好像所有的颜色都像颜料一样在高温下融化成了一幅怪异的油画。

何芒定定地看着背着双肩包的林初阳，悄悄吸了吸鼻子：“哥。”

林初阳手忙脚乱地“哎”了好几声，轻轻拍了拍她的肩膀："没事，哥是去北京集训，又不是去黑煤窑挖煤。"

"定好了明年出去？"林初阳小声问。

"嗯。"

"想好啦？自己在外头可是很惨的。"林初阳的声音有些夸张，他似乎没有意识到，自己也要独自待在外地了。

何芒点了点头："嗯。"

一旁的月升抱着手臂，静静地看这两个人絮絮叨叨地道别。这两人说起话来永远都像准备撸起袖子打架一样，她看着难得安静下来的他们，脑海中忽然出现了那天晚上，在小黑山顶他们一起玩"真心话大冒险"的场景。

那个乌云密布的夜晚，林风呜咽，一丝星光也没有，她脸色发白地听林初阳唱了一曲惊世骇俗的《流星雨》，觉得自己快要窒息了。

何芒一只手捂着心口，正唉声叹气地看着手机上的天气情况，山顶信号很不好，她一遍又一遍地试图刷新，皱着眉头。

就在这个时候，杨亦萧轻声念了念自己手里的牌："……喜欢的人是什么样子的？"

他伸出手，把牌递到了何芒的手里："你的。"

何芒的脸上一道红光噌地冲垮了她原本紧紧皱着的眉头，她赶紧低头把脸一埋，犹豫了好半天才嗫嚅道："有……有的。"

周围只有风和树梢摩擦的沙沙声，那个人就坐在离她很近的地方。她还是没有忍住，悄悄看了他一眼："他是一个字。”

微弱的阳光透过售票厅的玻璃顶棚，落在林初阳的眼角。月升的目光悄悄碰上去的时候，他正好抬头冲她笑了笑。

她怔了一瞬，垂眼道：“车快开了。”

林初阳看了一眼时间，这才慌忙转身要往检票通道走，刚走了两步，他又回头喊：“大哥没有什么要交代的吗？”

“小心一点，别掉煤堆里找不着了。”月升的表情没有什么波澜，她的声音很轻，但每一个字都清清楚楚地飘到了林初阳心里。

他一愣，紧接着用力一笑，在光线下用力招了招手：“我知道啦！大哥再见！”

月升的心里猛地一荡，一直看着他的背影消失在人群中。

十一中附近的“梦中”甜品店暑假里悄无声息地关了门，换成了一家颇受欢迎的麻辣烫店。林初阳在市里的比赛中取得了不错的成绩，被选去北京进行统一集训。何芒人生头一次去找了父亲，和他心平气和地谈了一个下午。

她扔掉了那些水晶球和塔罗牌，全力备考托福，准备出国进修艺术。

而月升……虽然她看上去还是一如既往地板着脸不愿意笑，还是那么冷漠、不近人情。但她清楚地知道，自己心底的某个地方，和从前大不一样了。

生命、时光、健康，还有爱，都是很珍贵的东西。如果运气好，能抓住其中任何一项……那一定要用力握紧，不要松手。

她有意无意地摸了摸自己留着疤的那只手腕，对空气里的某个方向轻声说道：“再见。”

Ke'ai
Fenmi Yiban

第七章
人生何处不相逢

又是一年暮春，被一场细雨洗净的空气里满是绿植的清香，港城医学院里的柳树和梧桐在清晨的阳光下泛着浅色翡翠一样的透绿轻柔的光。林荫道上，一个高大清秀的男生踏着满地碎光走到学校的马克思石像下，停下了脚步。

雕像附近聚集了一群满脸期待的学生，里头有个男生正半倚在旗杆上打瞌睡，雨歇风住，红旗低眉顺眼地垂着，上面隐约能看见“志愿者”几个字。他越过那些睡眼惺忪正说话的人，走到那个看着像是领队的女生面前，问道：“人齐了？”

那个女生脖子上挂了个负责人的牌子，闻言淡淡地“嗯”了一声。

她其实生得很美。那些学生中，算得上好看的和漂亮的其实并不少，但她不一样——是那种一眼就能看出的不一样，就好像一幅宋代的美人图突兀地搁在一片大花丛里一样。

女生及肩长的短发垂在脸侧，皮肤很白，有一双眼尾略微上扬的深眸，唇色是自然的浆果红，除此之外，一丝多余的装饰点缀也无。

但她的神情有些淡漠，看起来冷冰冰的，似乎不太近人情。

男生说了句“好”，转身招呼这些叽叽喳喳的学生依次上大巴车。他的声音清朗，说起话来自有一种让人信得过的稳重，还带着一点锦上添花的笑意。这么一张嘴，所有人都心甘情愿、老老实实地噤了声。

他和那个女生最后上了车，并排坐在最前面。车子发动了半天，两人也只是静静地挨坐着，没有任何交谈。

他们的目的地是距学校半个小时车程的体育公园。时候尚早，路上无聊，坐在后排的一个女生耐不住性子，瞥了眼他们的背影，侧过头悄悄对旁边的同学说起了小话。

“哎，丹丹，你说陈卓学长和熊学姐是不是……”

丹丹听这两位的事迹听怕了，不敢细看，只瞄了那儿一眼，便心领神会地低声接道：“般配。”

每个学校都有那么几个传奇人物，港城医学院也不例外。她们嘴里那位陈卓学长今年大四，是远近闻名的专业成绩过硬，相貌又是那种十分谦逊柔和的英俊，虽然也不太爱说话，但还是一进港院就取代了当年逍遥一时的学神大张哥，成了医学系的风云人物。

他的言谈举止虽然不像熊月升那么冷漠，反而有种完美无缺的平易近人，一言不合就递出一个温暖如春的微笑，但在大多数学生眼里，这位平常不怎么开玩笑的学长也是一朵云层里的高岭之花，可远观而不可亵玩焉。

而唯一能和他并肩的就只有这位不苟言笑的学姐了。

同样优秀的成绩，同样认真的性格，都跟着季主任研究冷门的地中海贫血，甚至还有一个模子里倒出来的“只可远观”，虽然一个常年笑得春风化雨、无懈可击；另一个总是板着张脸又不近人情，但去年她刚入学的时候，不知多少苦苦暗恋陈卓多年的学姐就当即一个苦海回头悬崖勒马，把一颗乱颤的心好好兜住了。

几乎所有明眼人都能看出来，这就是那个人了。

在大一新生里，他们甚至还有一个“冷面判官笑面无常”的组合名称。因为这些新生对这两位传说中的人不太了解，全靠小道消息和江湖传闻。在他们添油加醋的编排里，陈卓和熊月升简直成了两位下凡历劫的神仙，静可和福尔马林里泡着的尸体相对独坐，动能徒手抓住满地逃窜的实验小白鼠。

而这俩神仙实打实地往他们跟前一坐，却看着一点也不像传闻里那般凶神恶煞，反而十分沉着冷静，简直像两个参破红尘的世外高人。

在满车好奇的目光和窃窃私语里，大巴左拐右拐，终于顶着八点钟热情的日光在体育公园的游泳馆外停了下来。沉着冷静二人组好像戴着两张复制粘贴的人皮面具，机器人一般有条不紊地带着这些新生去领制服分配工作。

港城市体育公园这两天有一场亚洲范围的蹼泳锦标赛，因为有不少外国选手会来，离那儿最近的港城医学院理所应当地积极参与帮忙，揽下了志愿者的工作。

于是，在魏主任的号召下，这些挑拣出来英语水平还不错的学生就在一个清晨被装车完毕，统一发送到了游泳馆的大门口。

陈卓笑起来的时候给人一种如沐春风的感觉，而他旁边的熊月升则没有什么表情，俩人站一块儿俨然一个红脸一个白脸，办事效率高不说，也的确怎么看怎么郎才女貌。就算是来索命的，那也是赏心悦目的判官和无常。

志愿工作种类繁杂，有裁判辅助，有统计成绩的，有给运动员搬随身东西的，还有在观众席帮忙的。许丹丹先是磕磕绊绊地帮一个泰国教练打了车送去咖啡馆，转过头又跑过去叫韩国的小哥们去检录。她是外语系的，本身英语成绩很好，只是太紧张了，就算对方的母语也并不是英语，她也万万不敢造次，眼瞅着声音越来越小，直接熄火没动静了。

被她喊过来的韩国小哥是个笑脸卷卷毛，眼睛眯成一条缝，英语水平还不如她。眼看着这志愿者姑娘莫名其妙地红脸哑了声，他倒也不着急，两人一言不发地大眼瞪了一会儿小眼，正在附近晃悠的月升就朝这边飘了过来。

“有事吗？”

她一句不轻不重的话吓得许丹丹下意识一哆嗦，福至心灵，求生欲大于理智，当即对那小哥字正腔圆地蹦出了句韩剧里看来的“ka”（韩语“走”的意思），然后匆匆忙忙拉着他走了。

许丹丹吓得不轻，那小哥又一脸云里雾里，只好快步紧跟着。月升看着那两人风风火火狼狈逃走的背影，心里不禁想笑。她的工作是出成绩后带着那组季军去领奖，比赛还没开始，就四处看看还有什么能帮得上忙的地方。结果成绩斐然，刚往这边友善地走了两步，就成功把一个小姑娘连魂带人一起给吓跑了。

月升对这种情况显然习以为常，也没有放在心上。她慢慢走到泳池附近等着，出了一会儿神。

蓝幽幽的池水澄澈透亮，巨大的记分灯牌悬在不远处，整个比赛场其实并不算大，她注意到观众席并没有坐满。

因为怕找不到路耽误事儿，她也不敢乱跑，索性直接和旁边那些专业的裁判员坐在了一起，静静等着比赛开始。

闲着闲着，几位裁判员就开始热情地给她们这些完全外行的女学生科普起蹼泳来。其实在那儿的几个小姑娘都对这个陌生项目很感兴趣，奈何月升往那儿一坐，谁也不敢造次。一个短下巴、大眼睛的裁判大哥看她们似乎都兴致缺缺，就无奈地开玩笑道："哎，到底不是奥运项目，大家还是想看自由泳啊。"

的确，蹼泳其实在大多数人的心里存在感并不高，月升也是到这儿才知道有这么个世界性项目，她侧头看了看那些运动员手里拎着鱼尾似的脚蹼，轻声说道："不是的。"

她这么一张口，那些眼巴巴的小姑娘好像当即就松了一口气，纷纷如释重负地和裁判们交谈了起来。

"我看他们还抱着个小氧气瓶全程在池底不上来的，那是什么呀？"

"还有那个日本选手，看着那么厉害，简直拽到飞起，他什么来头？"

"对了，哥，我听梅子讲男子四百米有个特别帅的中国选手……"

月升在热闹起来的人声里背过身，凝神看向泳池边。有几个在这儿训练的小孩子正在来回跑步，他们全都长手长脚，皮肤白皙细腻，跑在最前面的小姑娘穿着一身淡蓝色的连体泳衣，长头发轻盈无比地甩在身后，笑得无忧无虑。她的眼里落满灯光，亮晶晶的。

她跑得比那些男生都快，脸上满是高兴。

真好啊，月升莫名其妙地想。直到有一个声音沉沉的女教练喊他们，月升才回过神来，比赛要开始了。

八个肌肉线条优美的运动员随着哨声戴上鱼尾一样的脚蹼，整齐无比地一头扎进了池水中。

因为有器械帮助，他们的动作非常迅疾，结实的脊背划过浪花，在五十米的泳池里都给人一种迎风破浪的感觉。

没过一会儿，这场比赛就结束了。

月升带着四个季军去领了奖，上午的比赛就结束了。运动员们都穿着脚蹼，加之长年累月的专业训练，他们的速度快得惊人，五十米的比赛几乎都是在比赛前响起的掌声还没结束的时候就比完了。一上午下来，在旁边的志愿者学生也不禁跟着心跳加速了好几回，基本全靠要挺住合影的意志站到了最后。

上午的工作结束，几个小组长跟月升碰头交代了一些注意事项，就各自散开去吃午饭了。

月升看着人群三两结伴地慢慢散开，凭着直觉开始慢慢往大门的方向走。

这里并不大，她冷静地想，进来的时候就特别注意了一下，大门只有一个，总不会找错了吧?

话是这么说，真的有惊无险地到了门口，月升看到那群围了一层又一层的人，不禁也迷茫了。

上午她光顾着干活了，没有注意到那些小女生一直在讨论一个帅气的中国运动员。因为凶神恶煞的熊学姐特别嘱咐过，不可以在比赛间隙拉着选手合影，所有人都只好收心工作，同时暗暗忍着。正值大好青春年华的小姑娘们老在医学院里和一把年纪的陈年骨架和老鼠、蛤蟆做伴，乍一见到这些鲜活养眼的男生，一时大家都有点把持不住。

于是比赛一结束，大家纷纷热情得像逃脱熊掌的大马哈鱼，很有方向性地各奔目标，自然就把门给堵住了。

但好在花痴归花痴，大家还有起码的求生理智，这个时间，大人物们都早回去了，只有这些志愿者和仅有的几个运动员在，稍微放浪一下形骸也不会耽误太多事。

月升冷着脸经过的地方，人群自动就屏声让开了一条小路，生怕这位“判官”一个不高兴，她们以后就不能再这么造次了。

月升靠刷脸，居然顺利无比地从熙熙攘攘的包围圈中间穿过，眼看就走到了大门口。她悄悄松了一口气，掏出手机刚想发条消息，一道熟悉的声音就从人群中央的方向冲她喊了过来——

“大哥！”

少年人中气足，这声音听起来惊喜无比，又掷地有声，这么一嗓子号出来，在场没人听不到。于是，在月升愣住的同时，热情好客的女学生们也跟着一脸震惊地噤声了。

在熊月升学姐叱咤风云的光辉事迹里赖不掉地添上一笔“年轻帅气运动员当场认哥”的同时，月升的内心汹涌的浪潮翻滚一瞬，面无表情地朝着那个方向回了头。

那个人的身躯像抽长的小白杨一样挺拔结实，又是运动员标志性的长手长脚，一米八五的身高。她的目光犹疑了一下，直到扫到对方的脸的时候才辨出一点熟悉来。

线条清晰的下巴，爽朗的浓眉，还有那双十分有辨识性的大眼睛，只是轮廓比从前更成熟了一些。他一笑，又挥起了那个幅度如擦窗的“雨刮器招手”，朗声道：“大哥！”

月升像从前一样，波澜不惊地轻轻“嗯”了一声。

见她答应，本来就诧异无比的女生们纷纷觉得更惊奇了。

身材修长的少年三两步就越过自动避让的人群冲到了她旁边，中奖了一样看着她：“真是人生何处……”

不相逢。月升在心里把这句话接了一下，她想起满脸喜庆的阿祖，嘴角非常轻微地动了动。

林初阳上午没有比赛，本来只是在快结束的时候想来场地这儿看看，结果好巧不巧，一进来就被脱缰的“大马哈鱼”团团围住了。他性格开朗、笑容阳光，人又很有耐心，看见一个小姑娘犹犹豫豫不敢上前，就随口说了句“没关系的，你们是要合影吗”。

然后就一着不慎，被堵到了现在。

在人群里看到那个自动破开一条路的女侠的背影时，他一开始只觉得惊奇，很想喊住她带上自己。就这么多看了一眼，他的心里当真如同平地炸起一道惊雷，一个称呼自动地就顺着心脏爬上喉咙被他喊了出来，他如同覆舟之人风浪里瞥见浮木，激动到尾音都差点破了。

他好像还不太敢相信，凑近了去看月升。剪短了的头发漆黑利落地垂在脸侧，眉眼一如从前，是一片雾气缭绕的远山淡影，眼里的浓墨和水意在场馆里亮如白昼的光线下泼洒得淋漓尽致，映出几道若有似无的水意来。

任是无情也动人。

两年多没见，他不知所措地看了半天，才艰难地憋出一句废话："头发剪啦？"

"嗯。"月升看着眼前这个在灯下白得几乎耀眼的人，心里却蹦出一个莫名其妙的想法：原来水里的漂白粉真能把人泡白。

她稍稍睁大了眼睛，点了点头算是应声。

围观的女学生们噤若寒蝉，看她面不改色地一点头，纷纷惊疑不定地猜测她的下一句话会不会是：唉，因为长头发沾了血不好洗。

然而这位帅气的运动员小弟显然没有给他大哥一个发牢骚的机会，他直接一个眨眼，把话题抢过去了："去吃饭？我带你去食堂。"

林初阳不愧给她这个路痴做了好久小弟，一开口下意识就抓住了要害"我带你去"。

还没等月升答应，一道略微低沉的男声就在他们身后响了起来："小熊？"

林初阳看了看这位不速之客，愣了一下才反应过来他口中的这个“小熊”是谁。他顿时就不太爽，心想小熊也是你叫的？

月升“嗯”了一声，朝那人喊道：“师哥。”想了想，她又摇了摇手机，“有事耽误了。”

眼看“判官”和“无常”都驾到了，大一的新生们顿时由震惊到心虚，纷纷放下合影未遂的手机，假装自己只是围观的路人。

陈卓温柔地对月升笑了笑，淡淡扫了一眼林初阳，很礼貌地问道：“这位是？”

“哦，她是我大哥，”林初阳兴致缺缺地看了看他，直接越过他走到月升旁边，“我们先走啦。”

然后，他就在一众震惊的目光殷殷护送下，堂而皇之地丢下了这位笑面无常，挽着他这位冷面大哥的手，大摇大摆地出了门。

运动员餐厅里，林初阳端着午饭，遥遥冲不远处的那排人打了个招呼，就和月升在挨着窗的地方坐下了。

运动员和志愿者都在这里就餐，不过大家都理所应当地划好了楚河汉界，低头各吃各的，熟人挨着坐，其余的也不会互相打扰。本来还等着林初阳给多带一碗排骨的季成天先热情无比地应了声，接着就眼睁睁看着林初阳同志叛变革命，屁颠屁颠跟着一个挺好看的小姐姐跑了。

他装模作样地叹了口气坐下，伸手就去夹对面人餐盘里的鸡丁，被对方一双筷子稳稳拦截之后，又唉声叹气把筷子一放，幽幽道："我吃不下了。"

坐他对面的壮姑娘不知道他又在这儿搞什么幺蛾子，筷子戒备地在自己的餐盘前一挡："你真吃不下啊？"

季成天"啧"了一声，一本正经道："又又，你看你阳哥。"他说话带了很明显的东北口音。

被他称作"又又"的姑娘手还下意识地挡在鸡丁上，闻声飞快地往窗边的方向瞄了一眼："我阳哥怎么啦？"

然后，她似乎才回过神来："我叫程双，'双'！"

"好好好。"季成天糊弄地应了两声，改也没改，"又又你瞧，那两人像不像谁……那谁写的一句诗？"

大概是越看越觉得像，他看了一会儿，十分肯定道："就是那谁的那句，叫什么……无情多情……哎，什么恼？"

程双咬着筷子看着那两个侧影，顿悟了："哦——我知道，我知道！是'没头脑'和'不高兴'！"

季成天："……"

"多情却被无情恼。"坐在季成天旁边一直没说话的一个小哥头也没抬，一句话就轻飘飘终结了他们的对话。

季成天和程双交换了一个"好厉害"的眼神，前者不禁说道："张弛你的脑壳真不只是个好看的摆设。"

一看程双光顾着猛点头，手上防线一松，季成天眼疾手快，立马伸出筷子深入敌营，全程稳而迅速，乱军丛中取上将首级。他一筷子夹走了对方盘子里最后一块鸡肉，得意地笑了。

程双这才反应过来，当即怒了，咬牙切齿道：“大成子！”

张弛全程低头安静地吃着菜，没有再搭理这俩活宝。

而另一边，“没头脑”和“不高兴”还不知道他们脑门上已经被安上了一句还挺伤感的古诗，无情的那个没有不高兴，多情的那个也一点也没恼，两个人你瞪着我我瞅着你，互相打量了好半天，谁也没伤春悲秋，反而都挺开心的。

尤其是林初阳，他简直是欢天喜地地把原本给季成天打的那份排骨推到月升眼前，然后就开始撑起脸欣赏这幅两年多没见着的秋山美人图了。

月升食不甘味地夹了一筷子土豆丝，轻声问道：“你怎么会在这里？”

话一出口，她就觉得自己问得有些蠢。

在比赛场地，运动员还能来干吗？

一看她脸色一沉就要皱眉，林初阳赶忙把排骨又冲她推近了点，笑着幽幽道：“我来遇到你啊。”

大概是感觉自己的这个答案很不错，他有些期待地问道：“那大哥你呢，你又为什么会在这里呀？”

月升慢条斯理地把嘴里的肉咽下去，想了想说道：“乐于助人。”

林初阳：“……”

什么都没变。

两年前，月升和何芒在车站送别了林初阳。当时林初阳还打趣说他这是去挖煤，没想到一语成谶，一到北京他就开始了地狱式集训，比起在黑煤窑做苦工怕是就多了一天三顿盒饭，立马就和外界断联了。

之后不久，月升就考上了大学来到港城，而何芒去了欧洲深造，经常穿梭于各个国家采风学习，哪天处在哪个时区都不清楚。

等他从暗无天日的窑里挖了不知道几吨的煤，皮肤也成功泡掉了一层颜色之后，却到乡翻似烂柯人，已经根本联系不到她们了。

而林初阳辗转于各地比赛，难得回趟元嘉镇，结果只能看见穿着校服放学的学生，大家都在外地上大学，只有他自己从街头走到街尾，坐进一家热闹的店里自己点一份麻辣烫出神。

那家店从前是卖甜品的，生意一直都不错，现在换了老板娘，来吃饭的客人也一点儿都没少。他听着店里成群结队的学生下课后聚在一起说笑的声音，有那么一瞬间，还以为自己再也见不到她了。

万万没想到，他来比赛的时候，只是一个闲着没事儿干跑过来瞄了眼场地，这就和大哥他乡遇故知，上一刻还是虚无缥缈地隔着千山万水，这一秒就面对面坐在一张桌子干瞪眼了。

月升也好久没见到他了，惊讶之余，她的心里不知怎么一荡一荡，涟漪层层，跟着轻轻地推起几道浪潮。她的神色虽然还是毫无变化，但声音不由得柔和下来："下午有比赛？"

"嗯，有个800米，明天决赛。"林初阳嘴里咬着块鸡肉，想了想，"之后还有个接力，最后是1500米。"

他说完，不禁正经道："大哥你看到了吧，我真的是个全面发展的选手。"

见她十分敷衍地点了点头，林初阳忍不住又往那儿瞅，眼巴巴道："等我比完了，大哥行行好，怎么着也得尽一下地主之谊吧？"

月升不置可否："先好好比赛，吃饭。"

她的目光瞥过那碗排骨，又飞快扫到林初阳的眉眼中间。他稍稍皱着眉，倒很听话地一脸认真地吃起了饭……

他真像是泡掉了一层颜色。

白皙的皮肤裹着清瘦了一些的身体，深色的眉目换了"背景色"，看着也就比从前更清晰明亮，好像时刻都有一束阳光落在眼角眉梢。

训练真的很辛苦吧。

这么一看，她心软了一下，垂眼轻轻补充了一句："拿到奖牌的话，也可以考虑一下。"

从小她就性情寡淡，如果没人关心那就不要，她也不会去撒娇要求什么，没有就没有，没关系的。然后她的父母去世，她活得更像个有条不紊的机器人，高兴不会大笑，难过也不会痛哭，永远理智，永远冷静，下手去抓满地乱窜的小白鼠，眉头都不会皱一下。

直到遇到了他。

好像机器人一下子有了颗心似的，破天荒地不知道该怎么办才好，只好诚惶诚恐地捧着，冷冰冰的钢筋铁骨和电流软件中间，第一次有了片不敢磕碰、柔软的地方。

这片鲜活跳动的温暖，让她既陌生，又渴望。

林初阳惊喜无比地说："那说好啦？"

她把目光轻轻柔柔地错开，沉声道："嗯。"

下午的比赛，月升不知不觉也跟着上起心来，格外关注。等到林初阳在的那一组上了记分牌，她站在志愿者等待区，看见他站在七号道，笑着遥遥对这边挥了挥手。

周围的女生们纷纷捂脸"嗷"了一声。

哨声随之响起，一排来自亚洲各国的运动员开始穿戴整个的大脚蹼和呼吸管。不得不说，游泳的男孩子们身材都结实得令人发指，宽肩窄腰，清一色的倒三角。今天上午第一次接触到这些运动员的时候，好几个女生都害羞得脸红了。

"你看，你看，他们像不像美人鱼啊？"一个志愿者看他们坐着用脚蹼拨水，悄声说。

"是美人鱼王子，"答她话的这个人声音很沉醉，"尤其是那个……"

话说了一半，她大概意识到了谁在附近，只好生生刹住，给对方使了个眼色："那个林初阳。"

对方心领神会地对起了口型："也太好看了吧？"

"就是，可惜我听说……"

没等她说完，一排运动员听到哨响一齐扑进了池水中。

他们带起的浪花很大，巨大的脚蹼如同鱼尾，在水下灵活而迅疾地上下摆动，倒真如一群人鱼在拍水玩闹。浪花激起的声音和观众们的呐喊声连成了一首紧张刺激的交响乐，月升的心里跟着扯了一下，一边紧盯着记分牌，一边又忍不住盯着七号泳道。

三号道的中国台北选手一路领先，甩开第二个泰国选手半身的距离，而那个眯眯眼的韩国小哥紧紧咬在其后，眼看他们飞快地游到尽头再一个灵活的掉头。

在扑腾的浪花里，最后五十米转瞬结束。

计分板上接连蹦出成绩和姓名，月升在小册子上记下季军的名字，看到林初阳的排名就紧挨着他。

只差了0.04秒。

她快步走到八号道尽头，等那个韩国小哥从泳池中上来。所有选手都在终点处的水面上大口喘着气，月升的目光和林初阳交接了一瞬，发现他似乎状态不太好。他明白她的眼神是什么意思，就无力地笑了笑，摆了摆手。他的气息都没稳下来，就睁眼说起了大瞎话："大哥你——不用担心我。"

她垂了垂眼示意，伸手去扶那个韩国小哥，冷静地说："This way， follow me.（这边，跟我来。）"

一路把韩国小哥送到了颁奖候场的地方，顺利领到了奖牌和证书，月升才得空往回走。这是当天下午最后一场比赛，她交接完相应的工作，就想回头去找一下林初阳。

她还在想林初阳刚才的表情，没留神走进了侧面一条少有人经过的小道，一边走她一边还在心里盘算，他是怎么回事？

没等月升想出个所以然来，迎面过来的一个日本姑娘身体一歪，月升眼疾手快，下意识就往前一扶，把她接住了。

看胸牌，她认出这个选手的比赛在林初阳的上一场，也才结束不久。月升瞄了一眼她刚来的方向，发现那里是洗手间。

这个姑娘脸色白得要命，嘴唇都紫了，月升忙问："Are you ok？（你还好吗？）"

日本选手闭着眼微微点了点头。游泳运动员身体肌肉比例大，就算看着只是匀称的身材，实际体重也很大。月升扶着这个站不住的姑娘也有点吃力，她刚才仔细地上下扫了一眼这个选手，发现这姑娘一只手按着小腹，脚上应该是刚才脱脚蹼的时候划了一下，一道小口子无声地冒着血。

除此之外，没有什么需要格外在意的地方。她应该是比赛撞上生理期，然后脱力了。

月升把她的一只手臂环过自己的肩背，心里飞快地过了一遍日本队的休息区在哪里，打算送她去躺一下。

月升刚要走，林初阳的声音就从身后不远处传了过来："我来，我来。"

和月升判断的一样，林初阳今天不太舒服，一结束比赛就先跑去洗手间干呕了一阵，他草草洗了把脸，刚要出门就看见月升往他这儿来了，高兴得不行，就再退回门口兴冲冲地等着，想给她个惊喜。

谁知道半路杀出个林妹妹，眼看他大哥闷声不响地扶上人，转个头就要走了。

于是，他也顾不上晕，摇摇晃晃地赶紧追了上来。

“你别……”月升怕他看见血，赶紧回头试图制止这个即将扑街的人，“你别动！”

林初阳像没听见一样，三两步就凑到她们跟前，稳稳地矮下身子，什么事也没有一样把日本姑娘给背上了：“你要对我有信心。”

那几年煤还真没白挖，自己血槽都空了一半，五十米冲个刺大气儿也不带喘的。

他已经……不晕血了？月升只怔了一下，接着低声告诉这个日本姑娘要送她回去。

日本选手有气无力地点了点头，月升对林初阳眨了眨眼，两人一起慢慢往休息区那儿龟速移动。

“我自己可以，你不好好歇着，跑过来干吗？”

“我……”林初阳无声地喘出一口气，学起了月升，一本正经道，“乐于助人。”

月升瞄了他一眼，用的是肯定语气：“你今天不舒服。”

“哎，没事儿，没事儿，小毛病，你别操心。”

她看见林初阳默不作声地停了停，似乎真的不舒服，不由得问道：“你真的……”

“你对我笑一下吧。”林初阳忽然侧过那张发白的脸，用黑漆漆的眼睛望向她，“明天你在终点那儿笑一下，我就能拿块奖牌。”

没等月升反应过来，他已经娴熟无比地岔开话题，面不改色地跑起了火车：“大哥大哥，你别板着脸啊！我说话算数的！到时候你就笑一下嘛，就当是为了……为了祖国。”

月升淡淡地看了他一眼，把他看得心里一颤，当即老老实实地住了嘴。

“回去好好休息。”

“哎……好嘞。”

一路把那位日本选手送到了休息区，林初阳才终于腾出空来容自己虚弱一会儿。他拐出人家的地方，腿一软就要往走廊地上坐，被月升默默扯了一把，才勉强又站住了。

“你怎么回事？”

林初阳大概终于耗尽了最后一丝气力，舌头都有点不太听使唤，本来还想说个笑话逗她一下，努力半天未果，这才不情不愿地顺着毛老实下来：“没事没事，就……有点晕。”

月升闻言没说话，也不知道在想什么，林初阳小心翼翼往那儿瞅了一眼，果不其然，她很不高兴地板着张苦大仇深的脸，好像自己欠了她八百块钱。

还足足欠了两年没还。

他在心里叹了口气，正琢磨着该怎么把这事儿混过去，月升就开口了：“先送你回去，中国队休息室应该也在附近。”

“前边那个十字走廊，左拐走到底，倒数第二……”没等他说完，他们面前那条走廊中间就杀出两位过路好汉，一个眉眼锐利，一个壮硕稳重。两人都穿着中国队的外套，本来只是经过这里，结果往这儿一瞟，正看见浑身筋骨都软了的林初阳被一个表情不善的姑娘紧紧抓着胳膊，怎么看怎么像是被劫持了。这两人不由得一个急刹，壮硕的那个紧接着发出一声尖细的惊呼：“阳哥——”

月升耳膜一痛，有些惊讶地看向了那位壮硕的……姑娘。

然而她的表情变化本来就小，神情又严肃，这么冷不防往那儿一瞅，倒有点儿凶神恶煞的意思，直接带过去两道杀气，把那道魔音一路堵灭了。

“你哪儿去了阳哥？一出门儿你就没影了，把又又吓得够呛。”说话的这人眉眼一点也不拖泥带水，利落得有点儿凶，狭长的眼睛钩出那么些生人勿近的高冷，只是一开口就是地道的沈阳口音，让人根本怕不起来，反而有种怪异的亲切。

林初阳有气无力地笑了笑：“我乐于助人，去做了个好人好事。”

“那这位——”

月升的目光一收，若有所思地落在林初阳身上：“好人好事。”

林初阳："……"

这两位好汉于是"哦"了一声，赶紧上前搭手帮忙。男生一矮身，那女生就把林初阳稳稳一搀，他们很熟练地一背一扶，这才在月升的目送下，拐进走廊离开了。

月升站在原地往那儿看了好一会儿，才想起来要往回走。她掏出手机看了看陈卓给她发的那些信息，目光轻轻停在了最后一条上。

"是不是找不到路了？发个定位，我去找你。"

她的手指在屏幕上停了一瞬，刚要按下去，刚才那三人才消失的走廊里，又风风火火地响起了一声轰炸耳膜的"大——哥——"。

月升的手指一抖，还是凭常年在线的理智，才把手机握住了没让它掉下去。她若无其事地抬起头，看见刚才那个"又又"折返回来，着急忙慌地凑到她跟前。

"阳哥说让我送送大……"说到一半，又又有点心虚地看向了别的地方，似乎在犹豫该怎么称呼她。

刚才是怕她走远了听不见，情急之下学着林初阳喊了一声，现在到了人家眼前，总不能再这么套近乎，又又颇苦恼地看了她一眼，大概对平白无故又让人认了个小弟的事情十分过意不去，干脆把嘴闭上了。

"我叫熊月升。"

"哦，月升，哎？你真是他哥呀？"又又听见这个怎么看怎么互相呼应的名字，似乎十分惊讶，目光直接粘她身上下不来了。

“怎么了？”

月升不动声色地一回望，看得又又磕巴了一下：“没，没什么，大成子说……没事没事，月升你真的好好看啊，我们走吧？”

见她一句话里有好几个意味不明的主题，乱得接都接不上，颇得林初阳的真传。月升不禁将神色放柔和了点儿，边和她并肩往外走，边把声音放轻了些：“我还不知道你的名字，请问你是？”

“哦，我叫程双，别听大成子乱讲，我可不叫……”程双顿了一下，颇生硬地把话题扯开了，“月升你在附近上学吗？”

“对。”

她们穿过长廊，一路朝大厅走过去。

“唉，以前就老听阳哥念叨，说什么回家总碰不到他哥，我们都跟着上火，这回还真是巧啊，用他的话说，真叫……什么人生何处不相逢啊！”程双的语气十分真诚，大概是不敢看她的眼睛，于是目光一路都索性对着前头斜上方的灯管。

她对着一排灯管真情实意地感叹了好一阵，悄悄想到，就是没想到……原来这位大哥是这样的。

而不远处的另一条走廊里，季成天轻飘飘地对背上的林初阳问了句：“阳哥，你有什么要交代的吗？”

林初阳“啧”了一声，有气无力地说道：“怎么说话呢，晦气。”

“哎哎哎，你知道我说的不是这个意思，你那大哥什么来头？”

见林初阳只是垂着头不说话，季成天又道：“都是一个游泳池里的，坦白从宽，抗拒从严啊，快麻利儿交代了，不然老头那儿回头兜不住，我可保不了你啊。”

季成天稳当当地背着这位开始装聋作哑的战友，装模作样地“唉”了一声。

程双把月升送到门口，惊讶地看见一个笑眯眯的男生正在那儿等着。他半靠着墙正看手机，闻声把手机抬起来，冲她友好地挥了挥手。月升对她道了谢，这才终于顺利地出了游泳馆的大门。

还挺不容易的。

学校里接人的大巴车早就离开了，月升这耽误了一阵，体育公园的正门也关了，两人只好拐去了侧门。

暮春的夜晚空气微冷，他们站在路边等车的时候，陈卓想把自己的外套披在月升身上，月升轻轻说了句“不用”。

星光晦暗，月色朦胧，只有街边的路灯亮着，长街少有行人经过，倒有了些寂寥的感觉。

这两位新生眼里的判官和无常就站在一盏孤零零的路灯下等车，都是高挑清瘦的身材，又都是偏白的小脸儿，昏黄的光线下一站，远看还真有点孤魂野鬼的意思。

吴春生远远就瞧见这两个人了，他心里没底地又看了眼打车软件，上头显示的地址就是这儿。

他稳稳地把车靠了上去，接上了这两位让他心里直犯嘀咕的客人。

体育公园的侧门这儿不对着主干道，还是个挺偏的地方，他才开夜班车不久，瞅见这条黑漆漆的长街心里都犯怵。但单派都派过来了，他只犹豫了一瞬间，就硬着头皮为金钱又一次折了腰。

路边的行道树影伴着灯光一道一道划过车窗，车内忽明忽暗。

吴春生从内后视镜里悄悄看了看这两位全程沉默的客人，额头上不声不响地冒出了一层薄汗。

他没敢看太细，只隐约看出那姑娘是个十足的美人，而那个小伙子在透过镜片和他对视的时候，还冲他默不作声地笑了一下，笑出他一身鸡皮疙瘩。

他刚干这一行不久，加的好几个夜班司机群里都有那么几个匪夷所思的故事，多是深更半夜，手无缚鸡之力的司机师傅会在偏僻小道上拉到什么不干净的东西。他颤颤悠悠地回忆了一下，立刻就想起了“港城出租兄弟4群”里有人讲过的前几年附近学校有一对青年男女跳了楼，冤魂不散，老在那几条街上游荡的故事。

他们的目的地就是那个港城医学院……吴春生咽了咽口水，下意识就想回头看看这两位客人的脚还在不在，又怕真的看见他们没有脚，于是生生忍住了。

他一边盼着这俩人倒是说句人话，一边又怕他们真的发出什么不是人类该有的动静。一车三个人两个沉默不语，一个噤若寒蝉，踩油门都像踩薄冰一样战战兢兢。无比漫长的十几分钟之后，车才终于颤颤巍巍地开到了学校大门口。

吴春生大气也不敢喘一下，心里直打鼓地听着那俩人下了车关了门，这才松了口气一抹脑门儿。手机收款的提示音随后冷冰冰地响了起来，他抽了脊梁骨一样往车座靠背一摊，哭笑不得地发现对方还给自己打了个五星好评。

陈卓和月升前后脚下了车，前者放下手机，看那车如释重负地开远了，忍不住说道：“那司机大哥很怕我们，刚才在车上，他一直在看我们的腿。”

月升想了想，如实道：“大家都挺怕我们的。”

陈卓闷笑了一声：“倒也是。”

“无常”和“判官”两位大人沿着学校里那个委委屈屈的小湖往宿舍楼走，所到之处还真是自带杀气，那道看不见的光环简直和强力杀虫剂一样，有一两对月下谈情的新生远远看见他们往这边走，忙不迭就和大头苍蝇一样乱窜着被迎面喷飞了。

月升不知道是想起了什么，还是觉得那两对新生实在有趣，忽然轻轻笑了笑。

她这样感情寡淡又好看的，搁古代就是那种传说中祸国殃民的妖妃，君王用烽火戏几回诸侯她都不带赏脸咧个嘴的，这么冷不防一笑，倒把陈卓看得愣了一下。

月升嘴角上扬的弧度不大，不仔细看的话只能勉强看见一点儿转瞬即逝的笑意，但陈卓离得近，清清楚楚看到她的确笑了，货真价实。

在这两年来，还是……头一回见她笑。

等到月升的时候，陈卓一句没多问她去干吗了，刚才在车上两人也一路没说话，他的双商都高，非常懂那些人情世故，会看眼色，所以在老师和主任那儿特别吃香，在学生干部们中间也格外受欢迎。

但到了月升这儿，他开始瞻前顾后起来，嘴上不提，心里到底还是在意。

于是他把几句不同的话在心里挨个掂量了一遍，慎之又慎地挑出一句："今天这么开心，碰到熟人了？"

月升眼里那点儿若有似无的笑意还没散，闻言想了想才接道："是我……高中一个朋友。"

原本跟在"是我"后面的那几个字被她咽下去，换成了别的。

"高中一个朋友"，这几个字说出口的时候，她的脑海里又浮现出几年前和何芒一起在车站送林初阳的场景。

那场没看到的流星雨，他们一起被罚站的走廊，午后阴凉下的甜品店，那间忘不了的医院病房，还有……还有那个闷热的夏夜，在那条十字路口，林初阳默不作声塞到她手心里的一颗糖。

陈卓一路把月升送到女生宿舍楼下才离开，月升踩着楼梯静悄悄地往上走。楼道里的声控灯没亮，她沿着条黑漆漆的楼梯一层一层向上，心里又想起了梦里那条阴魂不散的长廊。

还是没有尽头，她仍在绝望地跑……但走廊尽头好像有个人影，有个非常熟悉的人影在等她。

她闭上眼睛，把刚说出口的那几个字小心翼翼地又反刍了一遍——

“是我高中的一个朋友。”

第二天的比赛格外顺利，一直到下午快结束，一个抢跳犯规的也没有。

从裁判组到检录组都比昨天轻松不少，工作间隙他们还能凑在一起指点一下江山，把各国选手讨论个遍。

什么那个像弥勒佛一样和蔼的中国队教练其实是曾经的世界冠军，什么一号道的韩国小姐姐还是社交网络上一挺知名的网红，如此种种，不一而足。

因为这项运动不是奥运项目，在广大群众心中的普及度并不高，影响也就格外低调。听着听着，有好几个学生都不禁觉得，在这个卧虎藏龙的地方，就连食堂里给他们打饭的大妈也很可能在十几年前的世界运动会上摘过奖牌。

月升的心思不在这些事上，全程低头整理着名册和成绩单，直到那个没下巴的大眼教练提了一嘴“中国队那林初阳”，才稍稍抬了抬头。

“你们别光看人家帅，成绩也挺能拿得出手，两年前进了国家队，塞尔维亚那次世界比赛只游了个接力，拿了团体银牌呢，就这还是半路练的蹼泳——人家以前是练长跑的。”

“哎，昨天他不只是晋级，也没拿奖牌吗？”

“这你就不知道了，他刚出来，参加的比赛不多，但他可是业内出了名的……”说到这里，那大眼教练舌头磕巴了一下，把后头几个字囫囵咽下去了。

背后说人本来就心虚，月升原本还侧耳凝神听着，结果教练半路忽然住了嘴，她面无表情地一抬头，正看见说来就来的曹操本人。

林初阳很热情地冲那脸白的裁判打了个招呼，然后在一众或是惊讶或是不好意思的眼神扫射下全身而退，异常顺利地在他们面前路过了。

走到月升旁边的时候，他还专程停下来郑重地笑了笑：“大哥好。”

然后在一片惊疑不定的沉默里，他轻飘飘地迈步离开，丢下一句不咸不淡的“大哥再见”。

直到他都走到比赛等待区了，凑在一起的这几人才后知后觉地回过神来，其中一个男生没忍住问：“徐哥，您刚才说，出了名的什么来着？”

那徐哥眼睛本来就大，颇心虚地和自己背地里说嘴的人打了个照面，此时的眼睛瞪得更大了，活像两个猫铃铛。

他有点一言难尽地看了眼月升的方向，虽说那姑娘一直都冷漠地坐在外头，不像个多事的人，但他刚才在那掷地有声的七个字里惊闻了这位可是运动员家属，只好赶紧刹住八卦的话头：“这个你们一会儿就知道了。”

十五分钟后，当天那场800米决赛开始了。

参加比赛的都是昨天留下来的熟面孔，在大喇叭里念各国选手的名字时，观众席里不时会发出稀稀落落的欢呼声和掌声。

在念到七号道的林初阳时，月升沉下目光，朝那儿遥遥看了一眼。

然后，心灵感应似的，林初阳站在自己的泳道边儿上，非常高兴地冲她来了个标志性的擦窗式雨刮器招手。

不明所以的围观群众一看，还以为这嘿嘿笑的傻小子志在必得，不由得都给他鼓起了掌。

这么一阵莫名高涨起来的欢呼声里，林初阳笑得更灿烂了。

月升：“……”

比赛开始了。

月升屏息凝神地看着一排运动员整齐划一地入水，心里开始一边悄悄打鼓，一边盘算刚才那个姓徐的裁判没说完那半截子话是什么意思。

昨晚回去以后，她在网上查了半天，这才东拼西凑地得出点儿没什么用的结论来。比如昨天那个眉眼锋利的东北小哥是实力非常能打的短距离选手，在400米和50米都拿到过全国金牌，而那个又又……程双妹妹，擅长器泳，也在世界女子400米比赛里拿到过铜牌。

就是那个教练提过的“抱着小氧气瓶全程在水下”的项目，怪不得她一开始一点儿也没认出来。

就在她专注地一心二用时，泳道里领先的选手已经带头一个转身，在哗啦啦的水声里飞速往回游了起来。

头200米的间距拉得其实都不大，但在泳池里转了几次身以后，距离已经泾渭分明地扯开，一路遥遥领先的就是昨天那个眯眯眼韩国小哥，泰国选手和中国台北选手紧随其后……然后就是林初阳。

月升的目光在那片蓝得透亮的水里驻足片刻，停在了他身上。

他在水下灵活无比地摆动着脚蹼，好像那是长在自己身上的尾巴，严丝合缝地连着筋骨血肉，飞溅起的浪花和水流裹着少年修长结实的身体，倒真像一条疾速游动的人鱼。

韩国小哥利落地又一个转身，场下的欢呼声忽然激烈了起来。

最后100米了！

月升一刻不停地盯着林初阳，他的动作随着那阵突如其来的声音骤然加快，在紧随着前三名转身之后，他掉头用力一蹿，和第三名差的短短一截儿距离居然立刻就被他追上了！

在月升旁边一个学妹的惊呼声里，林初阳的速度越来越快，几乎是肉眼可见地紧紧咬着排名第二的泰国选手，眼看就要越过，却十分让人紧张地停在了那个位置。

也就是水里出汗看不出来，林初阳这么一赶，那泰国小哥压力指不定比谁都大……就这么阴魂不散地跟着，要超不超，想甩又怎么也甩不掉，他这是想干吗？

最后50米，韩国小哥带头在赛道尽头掉转方向，朝最后的终点冲了过去。而他身后紧咬了一路的中国选手，居然在跟着转身发力的一瞬间，和他齐平了！

站在终点附近的月升在激烈起来的加油声里猛地想起来他昨天开玩笑似的那句话。

“你对我笑一下。”

明知道他埋头正发力根本看不到，她还是抬起头，认认真真地对着那片飞溅的浪花笑了笑。

也不知道为什么。

她心里漫不经心地想，就当是为了祖国吧。

前300米一直都和奖牌名次擦边的七道中国选手，居然在最后50米生生又一个加速，优势微弱地超过了那位泰国选手！

记录成绩的大电子屏接连蹦出成绩，林初阳的名字紧随那个韩国小哥之后，是第二名，银牌！

林初阳大喘着气趴在赛道间的泳道线上，刚有气无力地对凑近他的“大哥”咧出一个挺得意的笑脸，还没等他说一句“你看”，就眼睁睁地看着她点了下头，接着直接越过他，走到被他反超的泰国选手旁边，温声细语地和对方说上话了。

对了，她是负责带季军去领奖的……

于是林初阳的微笑僵硬地变成了一个略带哀怨的凝视，

他忽然就理解昨天中午食堂里苦等他一碗红烧排骨的季成天了。

革命尚未成功……同志你还是别深入敌营了。

比赛第三天，林初阳先是参加了1500米预赛，以第三名的成绩过关，又和季成天和张弛他们游了中国队的4×100米接力，顺利进入了下午的决赛。

下午先进行的是那场男子接力，中国队四个队员里月升通过查资料认识了三个，因此心里也有了些底，不像之前一样只是跟着旁观什么也不懂了。

第一棒张弛是典型的四平八稳型，泰山崩于前都不能耽误他再游快一点那种选手，很适合开局，还没等50米转身就已经稳稳拉开了一个人头的距离。排第二个的选手在网上的资料很少，她不认识，大概是今年首次出征的新人，有些紧张，等他有惊无险地来回游完100米，那一个人头的差距也刚好被两个人越过去了。

林初阳排在第三棒。他的发挥似乎是不太稳定的“慢热型”，在哗啦啦的水声里劈开浪花一路向前，先是强力胶一样牢牢地黏着排在第三的日本选手，在50米转身之后又是一个熟悉的突然发力，在交接的瞬间追平了日本队！

季成天随之入水。

这个满口地道东北话的英俊少年十分擅长短距离项目，爆发力极强，他简直像水里的一头猎豹，几乎是下水的瞬间就越过了原本的第三名，直追第二。

还没等到50米转身，他不动声色地一发力，已经越过了原本的第二名。

只剩第一名了。

他们的动作很快，一次又一次追平和反超几乎只是眨眼之间。惊人的速度、观众席里的欢呼与掌声和这些不断溅起的浪花混在一起，给人一种他们正在一池沸水里比赛的错觉。

月升的呼吸下意识地放缓，凝神注视着埋头发力的季成天。

少年脊背的线条流畅无比，犹如一头紧追猎物的金钱豹，在最后20米直接咬上了领先的韩国队，顺利反超！

记分牌应声蹦出中国队的名字，候场的志愿者们都在这种氛围里忍不住跟着叫好鼓起掌来。

第一名，金牌！

由于这次也不是第三名，气喘吁吁地从水里爬上来的林初阳同志只好又一次，眼睁睁看着月升对他点点头，转身领上被他追平的日本队队员走了……

他叹了口气拎着脚蹼追上季成天他们，跟着一个男志愿者去颁奖台领了金牌。

1500米的项目就在之后不久，没时间给他又喜又悲。林初阳把金牌往张弛手里一塞，转头就去好好等着他的比赛开始了。

那也是整场亚洲锦标赛的最后一场比赛，比完从主办方到志愿者都可以放松紧绷了三天的神经各自回家吃饭了。

程双在接力后的那场女子400米器泳里非常靠谱地又拿到一块铜牌，最后的1500米男子蹼泳比赛也要开始了。

月升带着这位活泼的“又又”妹妹领完奖牌，发现这位妹妹好像对她更感兴趣，跟着她月哥长月哥短地叫了半天，然后干脆和她一起坐在休息区里等林初阳的比赛结束。

1500米是个耗时耗力的项目，得在50米的池子里闷头游上30趟，15个来回，光是看都觉得肌肉酸痛。

怪不得上场的那些选手没一个嬉皮笑脸的，怎么看怎么像月升一样脸色冷漠，敢情是一点多余的力气都不能浪费，都得存着放大招蓄力了。

连林初阳都没笑。

但场下的人就轻松多了，程双一把接住季成天丢过来的小抽绳包，低头就从里头翻出两根巧克力棒来。

周围同在休息区的椅子上坐着的学弟学妹们不明所以，先是一脸困惑地看到中国队的两个运动员一前一后地跑到了他们这边坐下，又是一脸惊恐地发现其中那个壮硕的姑娘直接递了个东西给那位生杀决断不眨眼的冷面判官，还笑着问道：“月哥哥来一根吧？”

他们彻底服气了。

“好歹也是我给你拿过来的，又又，我也刚比完，正迫切需要营养来抚慰一下心灵……怎么不问我要不要来一根？”季成天的肩膀上还搭着条半湿的毛巾，走的是不拘小节帅气风，发型十分不羁。

“一共就两根。”程双小心地把咬了一口的巧克力棒往怀里护了护，腮帮子小仓鼠一样鼓起一块，“你别想了。”

程双专门给她的东西出于礼貌她不好轻易转送他人，眼看他们又要在大庭广众之下切磋一番身手，月升转头在她准备的小包里粗略一翻，发现里面还剩了个鲜橙没吃，果断一把拿起，在那四只四处挥舞的“爪子”中间插空递了过去。

“这个要吗？”

谁知那两人同时愣了一下，然后程双哈哈笑着把那个橙子拦截了下来：“月哥，月哥你太厉害了。”

“大成子……不吃大橙子。”季成天大概是过于惊讶她稳准狠的这一招，完全自乱了阵脚，居然一本正经地感谢了一番她的好意……转头回过神来，又开始专注地和又又小朋友抢起那半截巧克力了。

他们好像一点也不担心。

场上依旧是水花翻腾，差距逐渐拉大，也不知道那些选手已经不知疲倦地游了几个来回了。

月升的血糖向来和林初阳的发挥一样不稳定，一落脸色自然而然就显得就更凶一些，她自己也知道。

眼看场上的比赛进行到了白热化阶段，程双和季成天的比试也到了白热化阶段。月升不声不响地往椅背上一靠，轻轻撕开包装纸咬了一口。

她其实挺高兴的。

虽然面上看不出来，但她已经不动声色地把闷头比赛的初阳和油锅里扑腾的鱼联系到了一起。

等她悠悠吃了好几口，旁边的成天小朋友终于成功抢到了那半根苦命的巧克力——因为在手里握得太久，它已经惨烈地化成了一摊掺着坚果的不明物体，仅剩下一股浓郁的甜香还在顽强地证明自己生前也是块体面的巧克力。

程双哼了一声，低头不甘地怒剥起了那个无辜的大橙子，同时她又迫切地需要转移话题，想了想就有点突兀地对月升说道："月哥你不用担心。"

她这一脸镇静的样子哪里像担心了……

月升愣了一下，才反应过来她这句话里的"不用担心"指的是担心谁。

"第三天，1500米，还是亚洲范围。"季成天这句话说得一字一顿，"阳哥稳了。"

一般人还真听不懂他们这一唱一和说的是怎么回事儿。

在外人眼里，好像一个刚说完"天王盖地虎"，另一个就默契无比地接上了"宝塔镇河妖"，怎么"第三天""1500米"几个没什么关系的词儿加起来的结论就成了"稳了"呢？

"是50米转身吗？"月升轻轻问。

季成天"哎"了一声，有点惊讶地看了看她，答非所问道："你真是他大哥啊？"

没等月升回答，记分牌已经响了起来。月升回神往那儿一看，心里一动。

第一个蹦出来的名字正是中国队林初阳！

季成天嘿嘿笑了两声："我就说稳了，他……"他刚说到一半，程双“哇”的声音就盖过了他。

电子屏幕上闪动起了两个加粗的单词，场下的观众也跟着惊呼起来。

NEW RECORD。

“他……还顺手破了个纪录？”季成天乐不可支地咬着手里没有了形状的巧克力，“武老头儿会不会血压升高？”

“他要高血压。”程双抹抹嘴小声道，“我就心梗了。”

季成天深以为然：“也是。”

月升：“……”

哦，那位武教练单名一个“仁”字，长了一张与名字十分符合的和蔼圆脸，弥勒佛似的，怎么看怎么像个业余打太极拳的。他曾经在亚洲和世界性的锦标赛里都拿过金牌，风风光光退役以后，直接回国家队当起了教练。

他专业技术过硬，很会指导，又有一身与外貌非常不符的暴脾气，要求严厉，因此带出的队员成绩都很拿得出手，很受敬重。

就是血压有点高。

等主办方和各国运动员们高高兴兴地升完旗合完影，大家也终于可以卸下担子各回各家该干吗干吗去了。

林初阳充分吸取了之前被热情群众围追堵截的经验教训，全程都机智地紧跟在他大哥后头。有月升这尊判官在前面这么一挡，结果自然是哪路神仙好汉也不敢近前。两人一路顺顺利利、大摇大摆地走到游泳馆的大门口，月升才低声问道："你怎么回事？"

"什么怎么回事啊？"林初阳笑呵呵地打起了马虎眼，"哦哦哦，我拿奖牌那事儿，那肯定是因为你对我笑了。我说话算话吧……哎，大哥你别走啊，说好的尽地主之谊呢？"

月升理也没理他，直接丢下他朝学校的大巴车不慌不忙地走了过去。

这回换成他慌了："我交代！我全部如实交代！大哥你别生气……大哥！地主之谊啊！"

游泳馆紧挨着一条海水灌成的人工小河，白石桥下的水流散发的咸味儿清清凉凉，在缠绵的暮色中四处飘散，直往人鼻子里钻。

他挥舞手臂喊了两声，眼睁睁地看着那辆大巴一个瑟缩的颤抖，颠颠发动了。

林初阳又好笑又无奈地叹了口气，低头发现自己刚从武老头那儿好不容易捞回来的手机响了。

微信提示里蹦出一个新添联系人的名字，他看了一眼这个头像是一片空白的"二十四桥"，忍不住摸摸鼻子笑了。

他由衷地嘿嘿笑了几声，点击了同意。他心想，这下可不会再弄丢了。

大巴车上的新生们战战兢兢干了三天的志愿活动，从身到心都疲惫得像是拉着他们又去军训拉练了一回——中间还穿插着两天高考的那种。此刻终于得了空闲稍作休息，一个个都恨不得想高唱一曲《解放区的天》。

可惜大家经过这几天的辛勤劳动，此刻都没劲儿了。

月升轻靠在座位的靠背上，看着屏幕上瞬间蹦出了对方同意。她备注的时候留神了一下那个人的微信名。

“林阿浪”，一行跳脱的小字上压着一个非常令人存疑的卡通太阳，居然还有鼻子有眼地在冲她傻笑。她的手指在屏幕上短暂地停了一下，在备注栏里输入了“初阳”两个字。

满载着一车饥饿学生的大巴车稳稳地一个拐弯，开上了大学路。布满整条街的各色小吃和水果的香气逮着了人气儿，纷纷急不可耐地从窗缝里钻了进来。

不知是哪个男生终于忍不住，在满车的煎饼果子的焦香气味里喜极而泣，低低哀号了一句：“解放区的天是晴朗的天——”

车里的学生们发出一阵疲惫的哄笑。

为期三天的比赛圆满结束了。

比赛结束并不意味着训练结束，但第二天上午，武仁还是大发慈悲地大赦了天下。大家跟老头儿叩谢了圣恩，都得了一天假用来休息一下，调整心态，之后好迎接新一波的高强度训练。

季成天终于得愿睡了个懒觉，惬意得口水都快从上铺不远万里地滴到地上去了，他一路策马奔腾地睡到快黄昏，这才快活地翻了几个身，心满意足地睁开眼，想起自己是一个不会冬眠的灵长类健全人。

窗帘拉得很严实，他就着屋里昏昏暗暗的光线朝下铺拖长声音喊道：“阳哥——”

这两个字寂寞地在小屋里来回兜转了几个圈，这才一头碰在墙壁上哀哀消散了。

他当这人还没起，于是气沉丹田，提上一口气：“起床啦——阳——”

季成天的声音倏地一停，后知后觉地被自己给彻底喊清醒了。他往下铺一探身，床上只有一床薄被，哪还有什么大活人呢？

抛弃他的大活人此刻正坐在大学教室挨窗的倒数第二排，侧头愉快地瞅着旁边的月升出神。

因为月升今天有课，林初阳把自己这天假期安排得明明白白，起了个大早就往港城医学院跑，蹭了顿早饭，然后跟在月升后头乐不思蜀地蹭了一整天的理论课。

张弛家在本地，程双他们都趁着今天要挟着这位地头蛇去这个沿海城市的知名景点耍去了，此刻正诈尸一样，肆无忌惮地屏蔽了武老头在朋友圈里刷屏。林初阳看也没看，乐呵呵地听着台上中气十足的大爷慷慨激昂地讲了一个半小时的人体解剖学。

一个字也没听明白。

大概是月升这张脸的杀伤范围略广，她不声不响地往后排一座，大批学生就和鸭子一样被赶到前头迎接杨老师的唾沫灌溉了。林初阳挨着她坐了两节课，周围敢凑过来的也只有轻微的晚风和太阳的余晖。

月升唰唰地记着笔记，不时抬头认真看看幻灯片。林初阳闻着窗外飘进来的淡淡花香忍不住想，阿祖这个班长怎么当的？这么个奋发上进的三好学生，当初怎么就没争取转来自己班呢？

在他满脑子遗憾着没能近水楼台的时候，一缕南风壮着胆子透过窗户缝挤进来，视死如归地撞在了月升的发梢上。

用何芒的话说，林初阳的脑壳一向只是个好看的摆设。他上一秒还在脑子里和阿祖对打，一下子没回过神来，看见她的头发被吹乱了，下意识就伸手帮她捋了一把。

然后，他猛然惊醒，意识到了自己正摸的是谁的脑袋。

他十分自觉地赶紧把作案工具收回来，心虚地盯着课桌，装作什么都没发生。

月升手里的笔都没停，她只淡淡看了他一眼，就大人不记小人过地低头继续记重点去了。

林初阳如释重负。

等他快快乐乐地听见下课铃响，才在大家收拾东西出门的声音里问月升："一会儿我们去哪儿坦白从宽啊？"

择日不如撞日，他们都知道如果推到下次可能就没机会了，干脆就这回吧。

月升来港城两年，其实大多数的课余时间都在图书馆或者实验室，很少和舍友们出去逛街聚餐，对这片土地的认知估计和林初阳差不了多少。她把本子放进包里，轻松地说：“去银座。”

目的够明确的，直接把人拉商场去了。

银座购物中心四楼，一家韩式餐馆里。

服务生穿着统一的墨绿色制服，把木盘里冒着吱吱细微响声的小石锅放在了四号桌上。

锅里整整齐齐地码着漂亮新鲜的蘑菇和蔬菜，溏心蛋上撒了一把白芝麻，在灯光下流动着诱人的色泽。林初阳略带嫌弃地看了一眼颜色漂亮的胡萝卜丝，默默把那个煎蛋夹起来吃了。

虽然不在比赛期间，但月升还是谨慎地没有给他点任何荤菜，一份石锅拌饭，一锅豆腐汤，配上一小碟冰糖南瓜，就把中午饭都没吃饱的林初阳给打发了。

林初阳知道她找不到路，本来也没指望她能把自己带去什么正经地标建筑那儿，被拉来到处都有的大商场也不嫌弃，喜闻乐见地就想往麦当劳跑，结果月升不动声色地把他往回一拖，一路把他扯到了楼上的韩式餐馆。

她隔着桌上的小灯看向他，冷冷淡淡地说道：“地主之谊尽了，坦白从宽呢。”

在灯光下，林初阳的眼睛黑沉沉的，他小心地把南瓜上的那粒蜜枣夹走，漫不经心道：“就是……有点水土不服。”

比赛第二天，月升就注意到林初阳的发挥有点不对劲。一开始他拼尽全力也只拿了第四名，可接着后面的项目拿了金牌。

季成天那天跟月升说的“第三天”和“亚洲范围”，水土不服的症状就会减轻很多，加上那么多个50米转身冲刺的“1500米”，可不是“稳了”吗。

她听到这个意料之中的答案，也没有太惊讶。碰见他的第一天，这个人就是因为身体不舒服没去上体育课，这才在树荫下看见闷头乱走的她。

一个满世界比赛的运动员，水土不服……月升悄悄叹了口气：“没有办法？”

“没事的，一直都这样，也就是有点头晕恶心，过两天就好了。”他满脸悲壮地夹了一筷子绿叶菜，这就诚恳地坦白完了。

林初阳自顾自地吃了一会儿，才想起来还有事要交代：“哦，对了对了，大成子说大哥你看出我的底细了，很厉害嘛。”

他在50米那个转身时特有的加速，月升一开始就注意到了。

“那是因为……”林初阳咬着块南瓜说，“我觉得，每一次转身，就是一次从头来过的机会。”

所以他更擅长长距离的比赛。

桌上吊着的小灯在月升的眼睫下打出一小片柔和的影子，她想了想，轻声问道：“为什么是蹼泳？”

大概有很多人问过他这个问题，他们好奇，为什么他不选择名气更大、关注度更高的奥运项目，却义无反顾地挑了它呢?

月升并不觉得蹼泳有哪里比不上自由泳，她只是意外地发现自己居然对林初阳的想法十分好奇，所以很想知道。

林初阳大概有点惊讶她也会问这个问题，想也没想地先冲她笑了笑。悬挂着的小灯吊得离他们都很近，斜斜的光薄纱一样轻柔暧昧地落在他脸上，扫出一个英俊阳光的少年面庞。他的皮肤没有少年时颜色那么深，反而在光线下看着格外白，像一尊古希腊的大理石雕塑活了过来。

他无所谓地笑道：“喜欢不就是没有道理的嘛。”

月升没再说话。

两人吃完这顿一片肉也没有的晚饭，顺便就在商场超市里逛一逛消食。从四楼到一楼他们路过了好几家奶茶店，林初阳吃鸡胸西蓝花吃惯了，只一眼就简直快眼馋得坐地上走不动了。月升到最后才稍稍做出了点儿让步，在一排反式脂肪堆积的饮料中间，允许他点了一杯中规中矩的杧果拌酸奶。

“反式脂肪会长胖。”她把饮品单子轻飘飘地往柜台上一搁，故作正经地给他分析起来，“你的体积如果增大，在水里的阻力也会大。”

林初阳捧着那杯酸奶一阵捣蒜似的点头，痛并快乐地抛弃了那杯无辜的奶茶。

购物中心全国各地都有，大同小异，没什么值得逛的。林初阳和月升都没什么东西想买，一路权当散步，晃晃悠悠走到一排夹娃娃机面前才停下。

林初阳兴冲冲地往前一站，试了几次没夹起来，运动员的好胜心就上来了。有道是闻道有先后，术业有专攻，结果直到他这位专业划水的亚洲冠军投光了手里所有的硬币，也还是一个娃娃也没夹起来。

哆啦A梦和小羊肖恩正其乐融融地挤在一起朝他笑，仿佛在鄙视他这幼儿园大班小朋友的操作水平。林初阳十分不情愿地承认了自己的技术存在问题，然后果断急流勇退、金盆洗手了。他刚想叫上大哥走，月升却不声不响地往橱窗前一站，忽然问道：“你想要哪个？”

Ke'ai
Fenmi Yiban

第八章
再见晚樱

林初阳心满意足地咬着杯子里的杧果块，老大爷一样半瘫在过道里柔软的旧沙发上。

他的身边杂七杂八地堆了好几个卡通娃娃，后脑勺还枕着两只什么也没做错的小猪佩奇，先前还在橱窗里头笑话他的哆啦A梦已经被挤得变了形，正十分不满地对他怒目而视——而这件事的罪魁祸首月升，正一言不发地站在抓娃娃机前头，手指灵活地摆弄着操纵杆。

她的手一向很稳，人又极有耐性，一圈彩色的小灯飞快地沿着机器转了几圈，被夹在半空的小熊浑身一抖，乖乖在吱哇乱叫的音乐声中掉了出来。

坦白从宽的小林同志一手举着大杯酸奶，一手利落地接过迎头丢来的布朗熊。月升头也没回，手指灵动，五颜六色的光映在她冷静淡漠的瞳仁里，琉璃一样。

他不想回去了。

对于港城来说，这只是一个很平常的夜晚。

商业街上的明灯如繁星一样自中心蔓延，织成一张闪光的蛛网，疲惫的车子裹挟着烟尘气，一辆辆甲壳虫似的在那些网上滑过去。

道旁的行道树被路灯扫出油画一样层叠的色彩，灯下的人行道上走过一对年轻人，他们的面孔都很耐看，高挑挺拔的男生眉目浓墨重彩，瞳仁黑亮、鼻梁挺直，薄薄的嘴唇颜色微淡，看起来有一种藏不住的朝气蓬勃。而他旁边的女生五官精致，像个不动声色的洋娃娃，只是眉宇间没有什么笑意，活像谁欠她两百块钱没还似的。

那个男生和她在灯下慢慢地走了几步，忽然睁大了眼睛，快步钻进了旁边一家花店里。不一会儿，他就神秘兮兮地背着一只手出来，看向回过头来的女生，笑着追了上去。

“大哥，大哥，你猜我手里的是什么？”

月升的眼皮都没掀一下，好像毫不吃惊地说道：“是晚樱草。”

林初阳一脸被戳穿的惊讶，他把身后那捧花小心地递过去：“给。”

粉色的柔嫩花瓣在夜风中轻轻抖动，非常好看。

上了大学之后，月升偶然在一堂课上看到了这种药用价值很高的植物，心宽体胖的梅老师在课堂上把它的营养保健效果从帮助降血糖一路语气激昂地讲到清除自由基，月升一句也没听进去，破天荒地走了神。

在元嘉镇的时候，那个人冒着和校长老王同归于尽的风险，把它摘来送给她。它还有一个名字，叫“月见”。

月升接过那束花，半天没说话。

两人一路慢悠悠地走到公交站牌下搭车，当然，林初阳对月升表示的“自己可以坐回学校”置若罔闻，强行和这位分不清东西南北的大哥顺了一把路，一直把她送到学校，他再去街对面搭另一趟车回体育公园。

这张热情的狗皮膏药一直赖着跟到学校大门，才依依不舍地站住了。

“大哥。”林初阳对她狡黠地笑了笑，“青山不改，绿水长流，我们后会有期。”他说起话来声音里带着一股自然的慵懒，和赛场上那个飞快的人完全联系不上，听起来居然还挺让人信服的。

一个要回队训练，一个还要接着上学，放假回元嘉镇也不一定能碰上，大家各有各的生活，也不知道他哪里来的这么一股谜之自信。

月升上下看了他半天，才淡淡地嘱咐句不冷不热的“好好训练”，充分彰显了该有的大哥风范。

看他好像完全没听进去，她想了想，冷静地轻声给他洗起了脑：“不日新者必日退，未有不进而不退者。”

这么句绕口的话她说得平平淡淡，好像一句稀松平常的“好嘞，那我们回见”。

“我记住了记住了，大哥你……唉，和我们武老头一定相见恨晚。”林初阳装模作样地长叹了一声，这才一步三回头地过了马路，杵在对面的站牌下乖乖等车去了。

月升怀抱着那束小小的花，一直走到那尊沉思的马克思雕像下，回头一看，他还在那儿乐此不疲地朝这儿招手。

怎么看……怎么像个抽了风的大型人肉雨刮器。

“你这朋友很有意思。”雕像后头缓步走出一个年轻人，看样子是在这里等了一阵。他把目光从那个张牙舞爪的雨刮器精那儿收回来，轻飘飘地落在月升手里那捧小花身上，“玩得开心吗？”

“嗯。”月升朝他极轻地答了一声，犹豫了一瞬间才说，“师哥其实不用这么为我上心。”

月升这位师哥一向照顾她，但凡她要单独晚上出去，一定会定时定点地出来接人。今天还是因为林初阳一路赖着跟了回来，他才没露面。

“不麻烦。”

两人话止于此，地府无常和判官踏着沉沉的夜色一路并行，都是步伐轻而稳重，又都是苍白好看的五官，一个天然地带着三分笑意，一个冷着脸毫无表情，倒真的怎么看怎么有种惊悚的味道。

直至宿舍楼下，陈卓才又垂眸笑了笑说：“明天见。”

月升看着他笑得弯弯的眼，一下子又想起了林初阳那句“后会有期”。

“师哥再见。”月升点了点头转身上楼。她想起了高中在篮球场见到林初阳那次，自己被迫凑了一回热闹，还上赶着和这位日后的小弟来了次很不友好的会面。

她把手里湿淋淋的发带一把拍在他的脑门儿上，而他正虚弱地笑着，吊着气断断续续地念叨什么“人生何处”。

阿祖蹲在他们旁边，惊疑不定地直喊“不相逢”“不相逢”。

月升的嘴角闪过一丝极轻的笑意，像薄纱被风轻微地扯动了一瞬，转眼又归于平静。

她暗自想，什么时候还会再见呢。

其实月升还特地查过，想知道自己是不是在生理构造上就对方向不敏感，但这个问题还没等她弄明白，她就十分确定，林初阳与生俱来的设定是哪句话了。

没过几天，系里就下了通知，因为之前邀请他们参加志愿活动的主办方对他们非常满意，所以主动邀请他们周末傍晚去海边吃烧烤看日出。

港城是个不大不小的海滨城市，早些年靠着港口贸易和海滩旅游发展壮大，有好几个漂亮的海水浴场和沙滩。但月升的学校正好坐落在新开发的北区，经济发展和上层建筑都有点没跟上大部队前进的步伐，只能和附近仅有的一家体育公园相依为命，能看见的“海”也只有从公园底下流过的那条无波无澜的小人工渠，苦命得很。

这么一来，平常只能在学校里守着小破湖拍照抒怀的学生们简直像中了回头彩，纷纷表示如果需要，以后义不容辞，还愿意被拉去“军训”一回。

浩浩荡荡喜笑颜开的队伍里，大概唯一一个不兴奋的就是月升了。

别人看起来轻松得像是要去大海边郊游，她看着活像是戴着枷锁流放宁古塔。

她对烤串这种非常不健康的食物没有兴趣，对大海没兴趣，对日出没兴趣，对好多并不熟悉的人聚在一起更没兴趣。但偏偏她又是系主任钦点来看住那些“小鬼”的“判官”大人，此刻也只好尽职尽责地冷起脸，指挥起男生搬运帐篷和食材。

他们下车的地方叫月牙湾，早几年还是比较著名的景点，暑假的时候非常热闹。但前几年好像出过暗潮卷走游客的事故，而且最近几年港城新开发了一个规模更大、游乐设施更齐全的海水浴场，这里的游客也就被大量分流了。

月升他们来的时候正是四月下旬，完美地错开了旅游高峰期，一行人简直霸占了整个景区，坐在块岸边的小石头上都宽敞得像山大王登基。

那天云层很厚，冷白色的天空有点阴沉，一点也不晒，海风吹在身上凉快又舒服，好几个内陆的小女生都没见过海，很想坐停靠在岸边租给游客的小船去近海玩一会儿。陈卓还在和那些男生安装帐篷和烤架，腾不出空，老妈子月升只好身体力行，任劳任怨的牧羊犬一样跟在她们后头去找小船了。

她把琐碎的事情跟大一的一个班干部交代完，转头刚要走，身后就宿命般地响起了一声阴魂不散的“大哥”！

这中气十足的声音刚被浓墨重彩地和熊月升的光辉事迹一起记录在港城医学院的民间轶事簿里，墨水都还没干透，在场的大部分人都太熟悉了。他们诧异地抬起眼，发现搬着食材下车的这些人正是之前蹼泳比赛的那几个运动员。

月升心里一颤，阿祖摇头晃脑的身影就在她眼前飘过：“不相逢！不相逢啊！”

原来他那天说的话是这个意思吗？

“你们也在啊，真是英雄所见略同啊，哈哈！”林初阳一脸惊喜的样子有点浮夸，旁边的程双抱着一袋子土豆，闷声提醒："阳哥你演得太假了。"

林初阳尴尬地咳了咳，抬了抬下巴转移众人的注意力："这个，其实我们也是主办方邀请来的……你们这是要去海上兜风？"

月升身后的一个小学妹眼睛都跟着放光了："是呀是呀，你们要一起吗，我们船上不挤的。"

"不啦不啦，我们在水里泡的时间够久了。"林初阳干笑了两声，压低声音看向月升，漫不经心地说，"不过大哥要是想让我去，那我肯定……"

他穿了一身休闲的白色运动外套，手里还拎着把从门口商店租的大蒲扇，一看就是个专门来张嘴吃肉的，根本不打算沾水。月升只略扫了一眼，就善解人意地制止了他："不用，你忙你的就行。"

两人简单寒暄了两句，月升就跟在那些小姑娘身后上船去了。怀里揣着一颗大白菜、肩上扛着一根钓鱼竿的季成天在林初阳身后看了半天，没忍住哈哈笑着把白菜往程双手里一放，腾出一只手来拍了拍他的肩。

月升判断得不错，比赛结束之后，林初阳、季成天他们留在港城集训了几天，这食堂寡淡的煮鸡胸和西蓝花正吃得伤心欲绝，一个个馋虫全被这顿烤肉给勾来了。

他们在水里泡的时间实在太久，自然没一个对水上游乐有什么兴趣，几人穿得都很休闲，怎么看怎么不像游泳运动员，反而像古时候特地出门放浪形骸的观光大爷。尤其是张弛，拎着蘑菇和烧火用的小木棍，满脸都是冷漠淡定。如果看向他的眼睛，完全可以从里头看到不理尘世、躬耕南阳，不求闻达于诸侯。他们搬着一堆吃的喝的，非常熟络地就和那些志愿者大部队混到了一起。职业运动员的身体素质都非常靠谱，有几个男生去帮忙，帐篷很快就装好了。

阴天空气格外潮湿，加上又在海边，炭火几次都点不着，最后还是林初阳献出了自己的老头儿大蒲扇，像铁扇公主一样舍身半蹲在铁架子旁边扇了好半天，大家才成功做了一回熟练掌握火和工具技术的现代人。

忙完食物这件大事，熏黑脸的林初阳才扛着一根颤悠悠的钓鱼竿，优哉游哉地走到了在岸边钓了半天鱼的季成天他们身边。吹着海风钓着鱼，身后的烤肉冒着诱人的香气，还有大哥在，挖了几年煤的他心满意足，轻声感慨了句："真像做梦啊。"

月牙湾的设施齐全，人工礁石和玻璃栈桥都有，"林黑脸"把渔线悠悠一甩，一屁股坐在向海里延伸的水泥墩子上，专心地看起海面上那几条小船来。

他们是下午来的，这么忙活了半天，天色也沉了下来。浪花有一搭没一搭地拍在他们脚下的礁石上，在石头上留下一圈又一圈沁黑的影子。漂到深水区里的小船略有摇晃，但船上的小姑娘明显都不太介意，她们很高兴地都在比着剪刀手拍照合影。

岸边的张弛一言不发，桶里已经有了三条鱼，而程双坐得腿都麻了，还一条也没见着，她左看右看，搬着小板凳就要和张弛换位置："鱼怎么都在你那里啊？"

而她旁边的季成天巴巴地守了半天，眼看一条小鱼就要咬钩，结果眼睁睁看着它正好被程双这一嗓子吓得浑身一哆嗦，扭头就跑了。

他很崩溃地指了指海面："又又，鱼！"

程双眼睛一亮，搬着小板凳又往这儿凑："鱼？鱼在哪儿呢？"

随后这两个互相不服气的活宝就咋呼着拎起各自的鱼竿打起了把式，两个人的肌肉线条都结实而流畅，这么胡乱地比画起小鱼竿都和庙里的武僧操练似的。林初阳和张弛恍若未闻，一个老老实实看着海、一个安安稳稳钓着鱼，怎么看怎么像两个深藏不露的扫地老僧。

阴天中的大片乌云和墨蓝色的海水几乎连成一体，颜色浓重的海水和灰白的浪涛不断在初阳的瞳孔中轻轻浮沉翻滚，犹如一幅日本浮世绘波浪图。

现在不是旅游旺季，海水中仅有的几条小舟像落叶一般随浪起伏，比起晴天的碧空蓝海更有一种特殊的美。林初阳看了一会儿，瞳孔骤然一缩，心脏跟着剧烈一震："不对，要喊她们回来！"

程双挥舞着手里的钓鱼竿，正追着季成天打得不分上下，眼看就要决出个雌雄来，她却忽然把东西往地上一丢，揉起被短发挡住的眼睛来："怎么起风啦？"

季成天看初阳一脸凝重，刚想问问发生了什么事，像老翁一样一动不动钓了半桶鱼的张弛已经收竿站了起来，冷静的眸子正好扫过他的眼睛："下雨了。"

“下雨了？哪里……”季成天一脸迷茫，冰凉的雨滴紧接着“啪嗒”一声落在他脸上，他说着抹了一把，睁大了眼睛，“怎么还真下了？”

他们说了两句话的工夫，越来越多的雨滴就像断了线的珠帘一样，猛然开始哗啦啦地往下掉。这场雨砸得正在兴冲冲扇风烤肉的学生们一个措手不及，他们纷纷惊呼着手忙脚乱地开始收起东西来。

程双一把捞起空荡荡的小桶举在头上，喊道：“我们先回帐篷里躲一下吧。”

她看林初阳一动不动地盯着海面，好像一个字也没听见，不由得小声喊了句：“阳哥！”

“你们先回去，我……”他脸上刚才被熏黑的地方被雨水浇了个干净，看起来一片苍白，漆黑的头发和眼睛被水光映出一片幽幽的锐利。就在这个时候，一个浪头用尽全力，在他脚下“哗啦”一声拍得粉碎。他神情微动，好像看到了什么，忽然转头就迈开步子往回跑了起来。

无色的冷雨在他的肩背处溅起一片片的水花，雨越下越大了。

黑色的伞面上接连洇透出一片片水渍，伞下的陈卓独自站在海滩等那条船，他掏出手机，屏保是一个很漂亮的女生，笑起来和他有几分相似，他顿了一下滑开屏幕锁，一道声音就在耳旁炸了起来。

“下雨天室外用手机，高才生你不要命啦？快回去！”

林初阳拎着鱼尾巴一样的脚蹼经过沙滩的时候，往这边喊了两嗓子，他的声音忽然变得非常冷静，“回去报警救人。”

“你是说……”陈卓讶异地看林初阳活动了一圈胳膊，话还没说完，他就匆匆点了点头，往之前钓鱼的水泥长堤那儿跑了过去。

程双、季成天他们正往回跑，看见林初阳居然又奇怪地折了回来，季成天“哎”了一声，还以为自己猜错了：“你疯了？”

林初阳理也没理，直接飞快地越过他们，在岸边的长石台上利落地把那些装备穿戴好，随后一头扎进了水里。

被晾在原地淋雨的三人举着水桶面面相觑，程双的舌头都不利索了：“阳哥这……这是去……去干吗？训练吗？”

季成天摇了摇头，半天才喃喃道：“武老头要知道了，一定会犯高血压的。”

其实陈卓一见起风就想叫海上那些人赶紧回来，可惜实在离得太远，他刚想给月升打个电话，雨就劈头盖脸地开始落了。景区里只有他们一行人，一群新生都缩在帐篷里害怕得不行，他实在走不开，只好叫了两个男生冒雨跑去最外头大门口那儿的商店报警喊人。

先前那个好不容易点起来的烤架早已被浇熄了，湿淋淋的木炭凌乱地散落在沙滩上，暴雨裹挟着蛮横的风，在帐篷上摩擦出瘆人的呜呜声。

浪越来越大了。

一个小时后。

摇摇晃晃的小舟在浪涛里惊险地漂了半天，快到岸边的时候船上的小姑娘们都没力气划桨了，眼看着船又要往外海漂，正好被匆匆赶到的景区救援队给扯了回来。风浪其实已经比刚才小了不少，但几个内陆来的女孩子还是吓得一个个小脸煞白，其中一个冷不防一着地，腿直接软了。

最后一艘小船也靠了岸。

旁边的人七手八脚地上去扶她，一直在岸边等着的陈卓匆匆扫了一眼，发现人数不对："熊月升呢？"

那姑娘半天也没站起来，她的眼睛睁得很大，无神地只是发抖。陈卓这尊笑面无常头一次敛去了笑意，冷冷地问道："我问你，人呢？"

那个姑娘浑身一震，接着"哇"的一声哭了出来，她满脸的泪水和雨水混在一起，半晌才哆哆嗦嗦地抬起手，指向了仍在翻滚着浪花的海面。

陈卓心一沉，猛然想起林初阳下水前那个骤然冷静下来的眼神。他往那个方向一望，天暗得彻底，厚实的阴云遮着仅有的一点星光，海面上浪涛嘶吼，漆黑一片。

已经什么都看不见了。

不是泪水，是雨水。温热的水轻柔地流过她的脸颊，她茫然地睁开眼睛，看到了头顶明晃晃的暖灯。

她淡漠地任由水漫过自己的身体。温暖的水流慢慢在浴缸里上涨，带给她一阵又一阵舒服的眩晕感。原来不是泪水，她想，从头到尾自己都没有掉过眼泪。

敲门的声音好像从很远的地方隐隐约约传了过来，她昏昏沉沉地听出那好像是舅妈的声音。

浴缸里的水已经涨到她的下巴，她疲惫地闭上了眼睛。

自从父母出事后，她还是第一次梦回这个地方。大多数夜里，她都在那条看不见尽头的走廊里玩命地闷头绕圈子，别人的人生都在前进，只有她兜兜转转，像条无休无止追着尾巴咬的贪吃蛇，横冲直撞把自己的生活缠成一团乱麻。

这么多年过去了，她还在原地。

可现在想想，一切又都好像是从那个时候开始的。

砸门的声音越来越大，她迷迷糊糊地从心底感到一阵庆幸，还好那天舅妈来了。

她的高考成绩不错，其实完全可以选择国外交流的项目，但因为想陪着舅舅、舅妈的关系，加之她对飞机有挥之不去的心理阴影，所以权衡一番，就填报了省内普通一些的学校，这里离元嘉不远，坐动车就能到。

那个人的声音隔着时光从遥远的地方传过来："不然我该去哪儿才能遇到你呢。"

浴缸里的水慢慢漫过了她的眼睛。层层叠叠的水波一荡一荡，头顶的暖光灯也模糊成了一块暗淡的光斑，红色的温水逐渐漫到地上。

但不知怎的，这回和那天不一样，门并没有被砸开。她心里一惊，挣扎着想要坐起来，可随着她的挣扎，那些浅浅的温水忽然变成一片深不见底的汪洋，她一下子落回了那天晚上冰冷的海水里。

一个学妹在自拍的时候，正好一个浪打过来，手机从手里一滑，那个学妹伸手要接没有站稳，眼看就要扑进海里。月升在她旁边，先是接了她掉下来的手机，紧接着又扯了一把倒下去的她。又一个浪头在那一瞬间咆哮着碎在船尾，月升下意识把那个学妹往船上用力一拽，自己被甩了下去。

灰蓝的海水冷得刺骨，像无数小刀子在戳她的筋骨和皮肉，她就算会游泳也在浪里呛了好几口水。海底的暗流像不肯放她一马的噩梦，顺势就把她往外卷。不久她就重重地撞在了一块暗礁上，开始往下沉。

恍惚之间，她迷迷糊糊地见到一个人鱼般的身影朝自己游了过来。

她被人温柔地托了起来，随后离头顶那些水波越来越近，越来越近……

月升猛然睁开眼睛。

海水独有的腥咸味儿正在弥漫，她先看到的是头顶深青的天色，几丝橘红的光透过撕扯碎的云层，深蓝、玄青、铅灰和橘红交织在一起，犹如一幅莫奈的油画。

她迟钝地想了好一阵，还是没想出来自己是在哪里。

一张惨白的笑脸跟着探了过来，挡住了那片漂亮的天。

“醒啦？缺氧没？”他不太放心地仔细打量了一番，咕哝了一句，“傻没傻？还记得我是谁吗？”

见月升只是愣愣地看着他，他怕她真的撞到了脑子，想了想，有点着急地补充道："海为什么是蓝色的？"

他的脸苍白无比，头发还是湿的，一对漆黑的眸子水汪汪地亮着，小海豹一样真诚地、珍惜地看着她，像在看着什么宝藏。

"因为光的折射，大美说的，你不记得了？"林初阳的声音有点嘶哑，"大哥？"

月升默默地看了他半天，忽然就笑了。她本来就溺过水，体力不济又冻了一晚上，一笑就忍不住直咳嗽。她咳了半天，才哑着嗓子说："因为海里有鱼。"

"鱼会……"月升长长地喘了一口气，"吐泡泡。Blue，blue，blue……"

林初阳坐在一块凸起的礁石上，脚蹼还没敢摘，沿着磕破的腿半垂在水里，和伤痕累累的鱼尾似的。月升则蜷着躺在那块小小的空间里，林初阳用两只手小心地托着她的后脑枕在自己的腿上，正专注地看着她。两人的脸都被泡得苍白冰凉，鱼尾、孤礁，半浸在海平线尽头的太阳在水面上染出一道道血渍般的光，遥遥看过去，像极了救了公主的人鱼王子。

"我们在哪里？"月升轻声问。

林初阳抬眼看了看一望无际的海水，苦笑了一下："这你可问住我了。"

月升闭上眼睛想了想，慢吞吞地说道："那我问一个你知道的，你怎么会在这里？"

这个人出来聚餐钓鱼都会带着全套装备吗？

林初阳垂着脑袋看着她，他的目光在月升青红一片的手背上停留了一瞬，就不动声色地飞快移开了：“哎，不日新者必日退嘛，这可是大哥你说的。”

停下来无声地喘了一会儿，他才又说道：“昨晚吓死我了，还好我直接把又又的气瓶抢了就来。”

海面上的波涛平静下去的时候，海底的暗渠和漩涡却卷得更凶，他一路追着月升往外游，抓到她的时候正好有一道暗流卷着他们往礁石撞了过去，他下意识地把月升往前一护，结果自己在那块破石头上磕了个七荤八素，腿一下子就疼得他呛了一口水。

也不知是福是祸，黑下来的海面上什么都看不见，他拖着一个人本来也怕找错方向离岸越来越远，这么冷不防地往这块破石头上一撞，他直接顺势带着月升爬了上来。还好那块礁石勉强能容下他们两个，如果一整晚都泡在漆黑冰凉的深水里，不吃不喝，失温力竭，菲尔普斯都活不下去的。

他们待的地方是一片暗礁群，退潮的时候也只能勉强露出几块丑陋恐怖的粗糙棱角，夜深伴着风雨，救援的小船开过去非常危险，他们只好等天亮。

救援的直升机也来过，可海面这么大，那两三束大探照灯照上去就像猫眼似的，林初阳、月升当时正好躲在那块避风的礁石背面，被阴影盖住了。

林初阳飞快权衡了一下，以他当时的身体状况，跳到水里游到海面呼救是一件非常困难的事，先不说他游到那两只猫眼下的概率有多大，无论如何，他都不能丢下月升。

过了一阵，光线微弱的猫眼也被风雨淹没，消失无踪了。

月升叹了一口气："乱来。"

两人在海风里冻了一晚上，林初阳的嘴唇白得一点血色都没有，他努力咧了咧有些僵硬的嘴角："哪有，淹死……淹死一个拿过金牌的职业游泳运动员，好像还是有点困难的。"

月升没有笑，而是平淡地说："我们可能回不去了。"

"没事的，就算回不去我还陪着大哥你，即便运气差做了鬼也不会是孤魂野鬼。那些小姑娘那么怕你，到时候我们就在这片海上四处晃悠收保护费。再说……再说你那个什么师哥应该挺靠谱的，是吧？"

太阳从海平面一点点上升，光和热在他们麻木的四肢上若有似无地爬，带来了一点酸痛的知觉。林初阳的眉眼处扫过一道淡淡的光，映成金棕色的眼睫低垂，让他的目光看起来格外深邃。

月升怔怔地看了他一会儿，忽然轻轻笑了。

他们在水里折腾了半天，又冻又累，还平白被狠狠磕在一块救了他们命的大石头上，两人都精疲力竭，还随时都有可能脱水变成这块石头上盐晶剔透的两条咸鱼。可就在这种时候，月升这个平常烽火戏诸侯都不会赏脸笑一下的冷面判官，却非常罕见地笑了两回。

她冷漠也好，固执也好，脆弱也好，坚韧也好，古灵精怪也好，有点脾气也好。只要她这么自在轻松地在阳光下一笑，眼角眉梢都在闪光。林初阳默默想，谁会不喜欢看呢。

“运气是不好，”她的喉咙干得发痛，可依旧在笑，“但好像……也没那么差。”

月升一直都觉得自己的运气很差劲，所以她竭尽全力，能争取就努力争取，因为运气实在是太差了，不能指望它。

其实她怕的也不是什么困难和挫折，而是不论发生了什么，面对那一切的只有自己一个。

但这回不是她自己了……她看着林初阳的眼睛，心里忽然涌上一股劫后余生的侥幸。

“我掉进水里的时候大概晚上六点五十分，现在差不多十个小时了，你伤到哪里了吗？”月升努力理了理头绪，问道。

“腿碰着石头了，应该没断。”

“还有痛觉吗？”

林初阳仔细想了想：“刚开始很疼，现在都麻了。”

“好。”月升眼睛里头好像有什么东西暗了一下，随即又不动声色掩盖了过去。

她非常自然地板起了脸，问道：“我应该呛过水窒息过一段时间……你做了急救措施吗？”

林初阳没想到她会突然问起这一出，惊讶之余有点心虚地“嗯”了一声，把目光移开没敢看她，半天才忐忑不安地接着说道：“我爸爸是海员嘛，之前我跟他学过来着。”

林初阳把月升捞上来的时候，发现她的呼吸都停了，情急之下……就给她做了人工呼吸。

他垂着头老老实实地听候发落，还以为这辈子的清白也就交待在这儿了，结果他心惊胆战地等了好半天，只等到一句波澜不惊的专业评价："做得不错。"

还是关于急救技术层面的。

"月升……"他想说些什么，转头的动作却一滞，紧接着，他敏锐地侧过耳朵，低声道，"你听！"

"好像有引擎的声音？"他凝神听了一阵，有些激动地说，"好像……不是好像？"

他惊喜地抬起头，看到了远处正破开浪花朝这边驶来的几艘搜救快艇。低空飞行的直升机像竹蜻蜓一样，正朝着他们过来。然后，他抬起手，用力做起了那个雨刮器没关一样的挥手："我们在这儿——"

半浸在海水中的太阳在那些船只背后缓缓升起，好像水浪波纹都染上了金灿灿的暖意，月升侧着头蜷躺在初阳腿上，时隔近三年，两个人又一起看到了一场沉默而壮阔的日出。

这次和从前在小黑山上看到的，是同一个温暖的太阳。

Ke'ai
Fenmi Yiban

第九章
置之死地而后生

五月初的天气晴朗明媚，光滑的大理石窗台像涂了黄油一样闪着细腻的光，玻璃窗如同童话故事里糖果屋的冰糖窗户，晶晶亮、明晃晃的。

洗干净的牛奶瓶子盛着清水搁在窗台上，里头插着一把浅粉淡黄的小花。阳光透过玻璃、扫过花瓣，最后轻轻柔柔地落在了洁白的病床上。

被子已经被胡乱平铺开来，上头放着一个五颜六色的跳棋盘，红色的棋子还有大半拖在中央，而对方的蓝子已经只差最后一步就赢了。

一只包着纱布的手拈着粒蓝色的玻璃球，在棋盘上停留半天，才把它轻轻放进了对面的最后一个空凹槽里。

一点也没有偏差，严丝合缝。

月升抬起眼看了看对面的人，声音很轻松："我又赢了。"

林初阳哀叹一声，开始自觉地拿起一张花里胡哨的贴纸撕了起来："我自己来。"他哆哆嗦嗦地把那朵蓝得清新脱俗的小花一把拍在心口的病号服上，看着颇有一种大义凛然的心痛感。他身上那件原本是蓝白条纹的衣服上已经错落地粘了好多又又送的小贴纸，小燕子挨着大白鹅，芥末绿的小恐龙和面无表情的Hello kitty正好被一左一右地贴在肩头，宛如一对失败至极的青龙白虎。

两人都住在外伤科，在同一层，虽然中间隔了五间病房，但这也不能耽误林初阳拄着拐、拎着两盒适合6岁到13岁少年儿童的飞行棋穿过半条走廊来串门。月升已经是个心智成熟的成年人了，自然否决了他想“来一盘”的不合理想法。由于林初阳没学过围棋，五子棋月升又老是把他秒杀，象棋更是明目张胆地欺负他。月升不想他在恢复期乱跑，就折中了一下，搞了盘普普通通的跳棋来和他一起下。

这位见义勇为的林姓少年英侠平时一概不动脑只动腿，可现在腿也包着石膏动不了了，这么下了半上午棋，他的大脑已经严重超负荷运转，衣服上花枝招展地贴了一大片，看着可怜巴巴，十分委屈。

距离他们从那片外海被捞起来送到医院勒令休息，已经过去一周了。

当时在那块破石头上，月升问了一句被困了多久，之后就没有再提这件事。她心里明白，被困超过十个小时，最好的修复时间已经过去了。

林初阳在水里狠狠撞到礁石时，他们被短暂地冲开了一瞬间，月升那会儿还有最后一点意识，她用力抓住了那块尖锐的石头，双手瞬间就被割得鲜血淋漓。

林初阳只是膝盖和腿骨产生了细微破裂，问他磕碰的地方还有没有痛感的时候，他尚能觉得腿发麻。而她的几根手指在那次意外中直接伤到了神经，又紧接着撞到肩膀形成软组织挫伤，动了筋骨，已经根本什么也感觉不到了。

一个要拿手术刀的断了手，一个职业蹬水的又断了腿，造化向来最善弄人，一时之间，居然不知道这俩难兄难弟谁更惨一点。

简直是，一夜回到解放前。

手术后的前两天来看月升的学生们乌泱泱一片，社团和学生会的各个部长带着自己的小部委，有组织有纪律地轮流来探病。

月升简直觉得自己变成了一张板正的黑白照片，搁在吊唁的灵堂里供人排着队瞻仰，连脑门儿锃亮的系主任都来了。

而林初阳那边就冷清多了，在他们钻研跳棋战术的这几天，也只有长得慈眉善目的教练武仁来过一回，这尊号称高血压、素日里和蔼圆润的弥勒佛直接白着脸进来红着脸出去了，林初阳拄着拐杖一路将他送到门口。

当时月升挂着胳膊正好经过，看到了季成天和程双那一行人非常不舍得的背影。

“他们要出发去集训了，来道个别。”林初阳和没事人一样一手潇洒地拄着拐杖倚靠在门框上，一手挥了挥，释然又平淡地说，“八月份的比赛应该去不了啦。”

大概人倒霉到了一定程度，周围的一切都开始事与愿违，矛盾起来。先是那块救他们一命的破石头同时也让他们断手断腿，给了他们一条生路，又把他们送上了绝路。而后就是平常最喜欢热闹的林初阳没人探病，而只想自己一个人安安静静待着的月升却被一队又一队学弟学妹登门拜访。第四天的时候林初阳终于没有忍住，拎起季成天给留下的两盒飞行棋想去凑个热闹，结果偏偏那天他母亲刚好在百忙之中抽了一丝空隙来看他，直接扑了个空。

她看着空了的病床吓了一大跳，抓着巡房小护士问了半天才摸到月升这边来。

何芒从前对月升讲的故事里，林初阳的妈妈是个温柔娴静的大美人。岁月最终是没有太亏待她，它带走了她纤细袅娜的身材，带走了她温声细语的性子，带走了她的丈夫，但终究没有带走她的美丽。美人在时光里消磨半生，迟暮发福、韶华不再，但谁也不能否认，她仍是美人。

月升在元嘉镇的时候听说过，林初阳常年在外做海员的父亲，在几年前的春天一去不返。邻里坊间的传言形形色色，有说他的船停靠某个海湾的时候，他爱上了岸上的姑娘，也有说他是途经非洲海岸的时候染病死了……五花八门的小道消息被添了油加了醋供人用来下饭，而不论哪一条，这些流言的本质上其实都是一句话：这个人不会再回来了。

林初阳的妈妈徐令雪在家闭门不出，颓丧着哭了几天，就好像变了个人一样。林初阳当时正在外地训练，她没有牵挂，收拾好东西就孤身坐上动车南下去做生意了。她本身就聪明伶俐、能言善道，只是一直待在家里洗菜做饭，没有用武之地。徐女士从在大商场批发衣服做起，一步一个脚印，短短几年成绩斐然，从商场的小职员一路做到这个品牌的销售经理，去年还成了亚太地区的经销负责人，忙得连林初阳轻易都见不着面了。

她这趟本来是要南下去总部开会，半路上抓了针插的这么点儿时间来看了一眼林初阳。用林初阳的话说，自从他那个不靠谱的爹走了以后，他妈妈一点儿也不再依靠别人，独立到离开谁都可以，硬是靠着自己把日子过下来了。

还过得挺好的。

徐令雪一把推开病房门，正撞上一屋子大学生干站着大眼瞪着小眼。

林初阳坐在一边儿，见到她，惊讶地要拄拐站起来。徐令雪飞快摆了摆手让他老实坐着，然后再没看他一眼。

徐令雪在一行屏息凝神、不知道发生了什么事的学生中间准确认出了她之前口头要认的靠谱干女儿月升，踩着一双红皮鞋噌噌越过人群，一把握住了月升的手，柳眉微动，眼神柔美却坚定。

“月升，妈最近特别忙，阳阳这小子就麻烦你有空多关照一下。”大概是林初阳父亲那件事的影响尚在，她淡淡地笑了笑，补充得具体了一点，“别让他跟着哪个小姑娘跑了。”语毕，她和紧跟在身后掐着时间的小秘书准点飘然而去。

只是来探个病学生们都惊了，谁也想不到这位传说中的学姐有这么复杂的家庭关系，纷纷对她递去了钦佩并疑惑的目光。

等等……这个“妈”是他们理解的那个意思吗？

林初阳老老实实地把那朵蓝色的小花往胸前粘好，哀哀地叹了一声转移话题：“大哥你饿不饿啊？”

见月升抬了抬下巴示意他继续说，他接着问：“师哥呢？师哥怎么还不来？”

月升慢条斯理地把散落在棋盘上的红色玻璃球放回原

位，淡淡地纠正：“他是我师哥，不是你师哥。”

“此言差矣。”林初阳一脸认真地给她掰扯起了他们乱套的亲情关系，“你是我哥，他是你哥，同理可证，他也是我哥！”

自从徐女士把林初阳托付给她，这个大活人的一日三餐都得她跟着操心了。由于这俩都是伤病号，他们也就仅能在月升背着林初阳去食堂打饭和陈卓来送饭之间选择了。

因为他们俩在海上被发现的时候，陈卓就在救援艇上，林初阳对陈卓的态度已经好了不少，加之这个非常靠谱的人风雨无阻地来给他们送了几天饭，他已经把这个半路冒出来当他哥的人归类于一个壕沟里的亲密战友了。

虽然那饭的味道寡淡得惊人……但起码比月升背他下楼撮一顿要来得实际。

林初阳正据理力争，陈卓就拎着两个保温饭盒推门进来了，他笑了笑问：“你们是在说我吗？”

“季主任那里，我去给你请过假了，这个月你就好好休息，别多操心，系里一切有我。”

“嗯，谢谢师哥。”月升应着，慢慢用被纱布裹成小包子的手拿起了筷子。

床上打开的一张小折叠桌上满满地摆了几盘清淡小菜，林初阳和月升面前一人一碗加了红枣点缀的小米粥，月升的筷子慢吞吞地在那粒红枣上方停了下来。

陈卓忙说：“我带了勺子。”

“我可以的。”月升的声音平平稳稳，一点波澜也没有。她盯着那碗粥看了一会儿，才缓缓地把筷子放下去。她夹得很慢，但是很稳。

她对面的林初阳都跟着紧张起来，端着碗一路看他大哥有惊无险地夹起了那颗枣，才安下心吃起菜来。

自从两人从月牙湾的外海获救回来，那块把他们撞得七荤八素的大石头就开始用他们身上的伤疤来不断提醒他们，是自己大发慈悲救了他们一条小命。

林初阳的情况还好一点，年轻人的筋骨好长，他最多被迫休息一个月不能下水，虽说一段时间不训练一定会和从前的成绩产生差距……但起码他还能回队继续做自己想做的运动员。

而月升心心念念执着追求的外科医生这个职业，却在她落水的一瞬间和小美人鱼一样变作了海面上泛白的泡沫，和她再也无缘了。

“期末考试小熊你也不用担心，平时成绩折合进去，不至于不及格，就是暑假在盛华医院观摩实践的名额……”陈卓不动声色地垂了垂眼，轻声道，“系里决定让孙若琳去了。”

月升夹了一筷子白菜，漫不经心地“哦”了一声：“下午第一节师哥不是要跟梅老师去当助教吗，别迟到了。”

陈卓会意，略点了点头就起身走了。

林初阳努力咬着嘴里的青菜梗看着门被轻轻关上，知道她这是不高兴了。虽然她的表情一直都不明显，平常怎么看都是一副冷冷的样子，但他还是能一眼就看出来，她很难过。

他手里举着碗小心地觑着月升的脸色，也说不出什么

“东山再起”“从头再来”的傻话安慰她，低头想了一阵，他就从病号服的口袋里摸啊摸，摸出一颗糖来，一言不发地塞到了她手里。

她把筷子撂下，盯着手心里那颗糖半天没有说出话。漆黑柔顺的头发垂在她脸侧，她睁着那双弧度漂亮的眼睛一言不发地垂着头，好像在想什么伤心事。

但下一刻她忽然抬起头，眉眼间的那团阴沉瞬间烟消云散，她十分轻快地问对面吃菜吃得一脸忆苦思甜的林初阳：“你想不想去吃鸡？”

从前的月升简直是理智的代名词，吃东西也和机器人一样精准安排，为了随时都保持身体灵活头脑清醒，除了定期锻炼，薯条、炸鸡一概不碰，碳酸饮料一滴不沾，就算今晚天就要塌下来，她也会和往常一样早起吃饭并不忘及时补充维生素和优质蛋白质。

理智到有些刻板。

但改变这件事往往厚积而薄发，虽然在外人眼里只是一瞬间，可那个人的心里早已不动声色地天翻地覆——再也不是从前的那个人了。

去食堂的路上他们碰到一个落了东西匆匆赶来拿的小学妹，月升还淡淡地冲她笑了笑。那个姑娘天灵盖被月升笑得悚然一凉，惊疑她的熊学姐是不是磕坏了脑子。

被月升用轮椅兜着推了半路的林初阳比那个不知所措的小姑娘还惊疑，但他更怕被巡房的小护士抓包，只好飞快而敷衍地对小学妹一点头：“中午好啊。”

然后也不用身后的月升推着，自食其力地噌噌转着轮椅一阵风走了。

小学妹：“……”

林初阳身上还穿着那件被贴得花枝招展的病号服，往规规矩矩的医院食堂里一坐，怎么看怎么像从精神科里跑出来的。

他感动地看着眼前那盘家属区才配拥有的香喷喷热腾腾的咖喱鸡排饭，眼泪都差点掉下来：“这才是人吃的东西嘛。”

虽然提议来吃鸡的是他大哥本人，但这可怜孩子怕是从来没吃过什么垃圾食品，此刻也有点迟疑了。他看到月升短暂地犹豫了一会儿，才试探着夹起一块鸡肉来，他忍不住说道：“这好东西从前没试过吧，尝尝。”

是没尝过，月升一看到这些油汪汪、金灿灿的东西，心脑血管都快当场被胆固醇和脂肪堵塞了。

但是……试试又能怎样呢？

她生疏地吹了吹热气，试着咬了一小口。“咔嚓”一声，咸香瞬间顺着她的味蕾飞速遍布整个口腔，随之而来的就是一股不知从何而来的快乐感。这个时候她就听见林初阳说道：“好吃吧？别老那么委屈自己，你对自己太苛刻了，明明什么也没做错，放过自己多好啊。”

就像一直在惩罚自己一样。

她咬着鸡排，忽然想起从前在甜品店的时候杨亦萧沉沉的声音，他说：“害怕也没关系，不用那么完美。”

她想起去看流星雨的那天晚上，晚风吹拂林梢的沙沙声和漫山怀抱的万家灯火，她一个生无可恋地来这个小镇子消磨时间的人，对当时已经在等死的杨亦萧说“活下去”。

他们四个一起凑在病房里玩“真心话大冒险”，一起被赶到走廊里罚站……从前的一切都色彩鲜明、历历在目，只过去不到三年。

没有沧海桑田，世事也来不及变幻，连高中生常去的早餐店里的包子都没涨价，可那四个人里，死的死，走的走，转眼之间，就只剩对前途迷茫的他们俩了。

然后，她的动作倏地一顿，一滴眼泪默不作声地掉了下来。

月升觉得，其实很多时候，比起那些脆弱要人安慰的小姑娘，她这种执拗不肯掉眼泪的人才是真正的蠢货。

她感情寡淡、过分冷静，时时刻刻活得像个没有知觉的机器人。可大家都是肉体凡胎，她也像课本上的解剖彩图里画的那样，拥有一颗时刻把血液泵往四肢百骸的心脏，她也会痛的。

第一次当着人的面哭是因为林初阳，第一次由衷地开口大笑也是因为林初阳，这个人好像太阳一样，周身温暖，给她带来了人类该有的体温。

这个人对她说：“放过自己好不好？”这几年死死压在心头的那块大石头在那一瞬间化为齑粉，消失无踪。

她看了一眼对面不知所措地给她递纸巾的人，脸上又变回了不动声色的表情。

月升一边埋头慢慢夹着鸡排吃，一边冷静地掉着眼泪，分工明确，动作精准，连一声抽噎也没有。

她的人生并非一帆风顺，总有坎坷横路阻拦，下雨天放学没人送伞，家长会上也没人出现，这么多年，她都在那个找不到路的死循环里兜兜转转、举步维艰。

曾经她也失望过、绝望过，从没有人告诉她该怎么做。

原来答案就只是这么简单。

林初阳哪里见过这种场面，正震惊得不知如何是好，就听见月升轻轻说了句："很好吃。"

林初阳惶恐了，这位平常叱咤风云的大哥什么大风大浪没见过……她这是被一块炸鸡感动哭了吗？

已经到了这一步，再坏还能怎样呢，她想，那就走下去看看吧。

置之死地而后生。

路旁一棵挺拔繁茂的梧桐树下，林初阳踏着满地浪花轻盈浮动的光影，朝月升走了过去。

五月中旬，天气已经开始热了。月升穿了一条修身的黑色破洞长裤，上身则是一件薄而宽松的长袖衬衫，搭配起弧度漂亮的眉眼和黑漆漆的头发，看着休闲又莫名的干练。

她倚着一辆黑色的电动摩托车，看了林初阳一眼，然后把手里的头盔向他一抛，后者像接球一样，伸出手稳稳地接住了。

林初阳把怀里的头盔戴好，老老实实地走上前坐到车后座上。月升也戴好自己的头盔，转动钥匙，一拧把手，车就稳而快地开动了。

车是地头蛇张弛同志给联系借来的，他平时少言寡语，连车也是低调叛逆。就是月升面无表情地开着这辆车……非常像叱咤风云的女特工金盆洗手，下了班买菜做饭顺路去幼儿园门口接自己的小孩儿回家。

林初阳乐不可支地坐在后座上，看着一排一排梧桐树从他们旁边飞过。春夏交接的暖风里带着清冽的草木气息，阳光下，月升的发梢像小蝴蝶一样追着花香上下飞舞。

自从那天月升在医院食堂的咖喱鸡摊位前惊为天人地吃哭了之后，林初阳就发现她好像完全变了一个人。

月升就好比一个在山洞里苦修多年的老僧，忽然有一日投身万丈红尘，开始无拘无束地放飞自我。

他们只在医院里住了半个月就出院了，陈卓给她搞的那张假条还有一半时间，月升不想继续无所事事地躺尸，也不打算回学校去上课，其实父母去世时留给她的遗产和事故赔偿金足够她衣食无忧地度过这一生，哪怕什么工作都不做也没有关系。但周星驰说得对，人如果没有理想，那和咸鱼又有什么分别？她也有自己想要到达的地方。

除了学费和日常的生活费，这笔钱她就再没碰过了。就算到了这种地步，她也没打算就此放弃。在小护士们进来换药和纱布的时候，月升就随口跟她们打听附近的兼职工作——居然还真的让她找到了。

就在他们那天晚上吃饭的商圈里，新开了一家恐怖医院主题的鬼屋，正好需要大批的年轻人，去扮鬼……

月升去应聘的时候，只问了一句能不能保障人身安全——毕竟林初阳这个金贵的小弟有伤在身，不能轻易被打。在得到小老板十分肯定的答复之后，第二天她就带着跟屁虫小弟顺利无比地去打卡上班了。

那小哥的原话其实是："安全，安全！哪怕下班晚了，不卸妆上街就行。"

林初阳觉得还挺有道理的。

月升悠悠地骑着小摩托，在阳光灿烂的街上拐了一个弯。

"直走50米，左转。"手机里导航女生的声音比她还要冷漠一点。

但她心情很好，显然对此毫不在意。风兜在她的棉衬衫里，像迎着浪的小小风帆。

月升顺着手机导航的指点一路骑到那家"森然医院"的大招牌下，该老板非常财大气粗地租下了三层楼的铺面，号称要搞一个中国知名的主题鬼屋，里头设有惊悚手术室、诡异太平间等各种题材的房间，月升、林初阳他们的工作也没看上去的那么简单。

这批兼职的大都是附近学校的学生，应聘完的当天就统一接受了一个小时的讲解培训，现在完全驾轻就熟，先有序地排队领自己的衣服，再依次去化上滴血狰狞的妆。

月升分到了一件染满大片红色颜料的白大褂，脸白得没有一点人气儿，阴森森地举着个非常假的大针管。林初阳和月升一个组，因为月升替他跟工头姐姐说过他腿脚不太方便，所以他直接领到了挺尸的工作——就在月升拿着针管和小锯子的手术台上躺着装死，身上盖上一层染血的床单，在有人经过时突然坐起来就行——简单粗暴的仰卧起坐，连喊都不用喊一声。

森然恐怖医院的老板非常用心，那些手术室里的设备好些都和医院里的一样，虽说对月升这种从小在医院里长大的医学生来说，这些还没有学校里解剖青蛙的实验室逼真，但昏暗逼仄的灯光这么一打，走廊里瞬间阴森了起来，还真的有种压抑的感觉。

她盯着那条似曾相识的长廊恍了一下神，林初阳上来就拉着她走："来来来，我带你，不会丢的。"

走着走着，他好像想起了什么，直接唱了起来："牵你手，跟着我走，风再大又怎样，你有了我，再也不会……"还没等他忘情地唱出最后那句五音不全的"迷失方向"，途经的房间里一个穿着条宽松白睡裙的小姑娘就拉开门怒气冲冲地朝他喊："同学，一会儿开门了，别唱了成吗？"

那姑娘脖子上还画着一条缝针的长疤，十分逼真，冷不防这么一冒出来，倒还真把他们俩都吓了一跳。

"成，成，成。"林初阳飞快地冲那儿摆了摆手，心虚地拉着月升赶紧跑了。

刚跑了没几步，月升没忍住笑出了声。

为了防止兴冲冲的顾客进来撞见凑在一起低头玩手机

的“尸体”，这家“医院”的职工上班时间是要统一把手机交给工头的，下班的时候才能发还。而且他们去厕所的时候也得时刻警惕，路上碰见顾客，也要尽心尽力地吓人。但这些其实都不是事儿，最要命的是这里有三层楼，顾客从一楼买票进去，一路得找到三楼的出口，里头灯光昏昏暗暗，地方也绕，就老是出现尖叫的小姑娘们在一个地方不停地兜圈子，然后在那儿上班的人就得一次又一次出来吓人的情况。

当然，还有更惨的，他们因为房间偏僻，老是没人找到。

林初阳一早就在那张硬邦邦的手术床上躺下去，仰卧一上午，没人给他一个起来的机会。

他们在二楼尽头的一个房间，因为大部分人都着急向上找三楼的出口，好多人压根儿都没往这儿走。

外头惊叫的声音此起彼伏，林初阳把身上的床单一掀，坐起来叹了口气：“哎，大哥，我们玩个什么东西打发打发时间吧？”

还没等月升问他玩什么，他已经一脸得意地从自己宽大的衣服口袋里掏出了一盒卡牌：“‘真心话大冒险’怎么样？”

在病房里玩这个游戏他们太熟悉了，两人无聊得很，屋里没有自然光也没有时钟，时间一久很容易给人一种错乱的压抑感，但他们俩倒还挺乐在其中，头碰头盘腿坐在那张手术台上轮流抽牌。

因为工作场地有限，他们基本上全程都在选“真心话”。玩到最后，林初阳没忍住选了一回“大冒险”，结果抽到的牌上赫然写着：诚实地回答对方任意一个问题。

这不还是“真心话”吗？

他借着头顶发红发暗的灯光抬眼看向月升，对方的一双眼睛顾盼生辉，在这么诡异的环境里居然都是好看的。

林初阳正看得入神，就听月升忽然问道：“那天你是怎么发现的？”

要是有旁人在场，他肯定对这句意味不明的话一头雾水，但林初阳一下子就明白了——月升指的是她落水的那天。

那天是阴天，又是傍晚，她们坐的小船离岸尚有一大段距离，他是怎么发现情况不对的？

林初阳愣了一下才耐心地解释：“咳，这大哥你有所不知，我会看浪的。”

“嗯？”

“老林不是海员嘛，从前他教过我。”林初阳干笑了两声，“我‘林阿浪’可不是浪得虚名，嗯，还有就是……我一直在看着你。”

他一说完，两人都沉默了一会儿。

月升定定地看向他，一言不发。孤男寡女，共处一室，灯光朦胧，而她还在看着他。

在那几秒钟里，林初阳的心脏突然一阵乱跳。运动员的心率普遍都慢，这么冷不防一加速，跳得他一阵冲动，几乎想对她说出那句话来。

他慎之又慎地组织了一下语言，刚下定决心说出“其实我”，月升就轻轻打断了他：“有脚步声。”

这是终于有人发现这里了吗？可这时间有点太不巧了吧？

虽说林初阳几乎要淌下两行热泪，但也只好赶紧收拾收拾躺了下来，刚才狂跳的心头涌上一股微弱的懊恼：怎么偏偏这个时候来人呢。

走廊里的脚步声越来越近，他们不由得屏息凝神——这两个等着门开的简直比那开门的还要紧张。

终于，特意设计好的生锈门环发出一声酸涩的“吱呀”，两个探头探脑的姑娘走了进来。

月升眼疾手快，在她们推开门的一瞬间往她们眼前一站，龇着牙举起了手里的小锯子和注射器。

那俩女生见怪不怪地赏脸看了她一眼，居然一声尖叫也没有。

“敏敏快看，手术台那儿躺了个人，”其中一个女生的声音里满是兴奋，十分笃定地说，“他一会儿肯定会突然坐起来。”

林初阳正酝酿着一股气力要起身，闻声也尴尬地愣住了——这种情况他是起来，还是不起来好呢？

听着她们的脚步声越来越近，林初阳心一横，不管了，他猛地直挺挺地坐了起来。盖在他身上的白床单随之往下一滑，那个敏敏很给面子地“哇”了一声，然后指着他惊讶道：“他长得好帅啊！”

的确，就算是尸体，林初阳这浓眉大眼的也称得上是一具相当好看的尸体……但这好像不是重点吧？

这俩姑奶奶的心理素质好像有点强啊？

林初阳万万没想到还能碰见这么一出，只好茫然无措地对她们的盛情赞美回了一个礼貌的微笑。

“嗷，笑起来更帅了！”

门口干杵了半天的月升：“……”

营业第一天他们业绩斐然，碰上的第一批顾客热情无比，最后还跟他们合了影才走。

林初阳看到美颜软件里的自己头上还顶着两只猫耳朵，笑得十分凄凉。

接下来的两天，他们这儿也鲜有人找来，仅有那么几个顾客要么还没等林初阳坐起来就尖叫着跑了出去，要么就是要拉着这俩俊男美女合影留念。虽说乏味，倒比一楼那个老是被惊惧交加的小姑娘们追着打的阿浩要好一点。

等到了第三天，他们只下了两盘飞行棋就听到走廊里有动静了，林初阳还觉得今天业绩格外不错，把东西往床单里一塞就赶紧躺好了。

门是虚掩着的，留着一条引人来一探究竟的门缝。走廊里泛红的灯光伴着沉重的脚步声透进来，月升躲在门后，只等着那人一进来，就从门后猛地冒出来。

她屏息凝神，侧耳听到那人凑近了门，然后她一个深呼吸，刚想往外一站，那门随之“吱”一开，闷声倒下一个人影来。

躺在床单下的林初阳听着这声音不对，闻声坐了起来。他非常不解地看着门口那个穿着体面的中年大叔，怀疑这个人是不是上班走错了地方。

他一皱眉，还是不太敢相信：“这……这是我们吓的？”

“不是。”月升一咬牙把这个人沉重的身体翻了个面，“快过来帮忙。”

这个中年人有一圈怀胎五月般的啤酒肚，此刻眼睛紧闭着仰面躺着，脸色发青，仔细摸一摸，脉搏居然都快没了。

月升飞快地检查了一下，翻着中年人的眼皮对林初阳沉声道：“是低血糖。”

严重的低血糖会导致休克，甚至会有生命危险。

“我这里有糖。”林初阳赶紧朝口袋里摸了摸。

月升一摇头：“他现在咽不进，容易卡住或者呛着。”

林初阳点了点头，把糖又塞给了月升，意思是那你吃。

“那我打120……”他看出情况不对，刚说完这句话，一股寒意这才后知后觉地漫上他的脊背和脑门：所有职工的手机都被收走了啊！

整个主题鬼屋里都是尖叫和呼救的声音，他们这地方又偏，怕是就算出去狂喊救命都不会有人在意。这个中年人太沉了，没有意识也不能轻易挪动，林初阳的额头瞬间冒出一片冷汗：这个人要是交待在这儿，那他们俩也得交待了。

一直垂着头的月升忽然深吸了一口气，低头从宽大的白大褂口袋里摸出了一卷透明输液针管来。她站起身去翻墙边玻璃都破了的药柜，在一堆标签泛黄的生理盐水和药剂瓶子里摸出了一瓶标签被撕了大半的输液瓶来。

她快步走回来，解下头绳绑住中年人的手腕，又把那个插好输液管的大瓶子往林初阳手里一塞："举着。"然后她非常娴熟地拍了拍中年人的手背，握着针头的手在血管上方停了一瞬间。

"我可以的，不要害怕。"月升蹙眉自言自语地念叨了一遍，凝神看准了静脉血管，把手里的针头一下扎了进去。

没有任何迟疑。

虽说恢复得差不多了，但到底是伤到了神经，月升平常用起筷子都没这么利索。林初阳睁大了眼睛看着她在几秒钟之内一气呵成，又从口袋里掏出两个创可贴把针管粘好。他十分惊讶地说道："大哥，你……你怎么还随身带着这些东西啊？"

也不知道这个去烤肉都能带着脚蹼的人怎么会问出这种话来。

中年人的脉搏马上就强劲了一点，月升看了看他的反应，松了口气。她淡淡地看了林初阳一眼，轻声道："不日新者必日退。"

"那你给他输的是……"

"葡萄糖。"

林初阳想起这个主题鬼屋的老板据说斥巨资买了很多货

真价实的医疗器材，恍然大悟。月升却还没放松下来，她想了想，抬眼笃定地看向对方："我们把他扶到手术台上，路上拦客人帮忙打120。"

这个中年人体重偏沉，林初阳和月升两个人伤都还没好利索，好不容易才把他弄上床。床底下有小轮子，他们一左一右，推着人就快步往外走。

这时，床上的中年人好像有了点儿意识，他费力地把眼睛睁开一条缝，同时闷哼了一声。

月升忙低下头问他："您感觉怎么样？"

中年人闭了闭眼，好像很费劲地从喉咙里挤出几个含糊的字来："我……女……"

月升没有听清："再坚持一下，我们马上就送您去医院。"

中年人痛苦地皱了皱眉，忽然用力抓住了月升的手。他的声音虚弱而沙哑："拜托，女……"

"您女儿？"月升低下头去，只听到几个模糊的字眼，"我这就去找，放心。"

抓在她手腕的那只手力道一松，软趴趴地垂了下去。

"他暂时没有生命危险，你先推他出去，我回去找他女儿。"月升往前用力推了几步，才松开了手。

她和林初阳心照不宣地对视一眼，只是那一个瞬间，彼此都从对方的眼神里读到了"交给我你放心"，然后她毫无挂碍地一转头，和他们背对着在这条长廊里快步走了回去。

月升这个人，自小喜怒就不轻易形于色，哪怕出门当真找不着北，迷起路来也是一脸的游刃有余、面沉似水，就算真的慌张，别人也不会相信。她要说“我害怕”，就好比一个脱出凡尘的世外高人，非常冷静地一捋雪白的胡子，高深莫测道：“我不会武功。”

这里有年龄限制，太小的孩子不允许进，月升想了想，判断那大叔的女儿应该是初高中生的年纪，而且，很有可能就在这层楼。

可到这里玩的大多数也是那个年龄段的小女生，这个地方说大不大，说小也还真不算小，这么多房间，她到哪里去找呢？

走廊里投下的光色泽晦暗，气若游丝地闪着。空气里弥漫着十分应景的消毒水味儿，藏在墙边的道具干冰散发出升腾的白雾，整个通道里都充斥着一股难以摆脱的破败和萧条感。

她走在地砖上，嗒嗒的脚步声轻轻在四周回荡。

两旁都是贴着封条或者泼了深红色颜料的门，有的虚掩，有的紧闭。往这个方向来的客人很少，门里的同事也大多和她一样是大学生，她推开一扇门，冷冷地对着一张涂画得恐怖却一脸震惊的脸问：“你们见没见过一个女孩子？”

那人乍一下没有反应过来这是个什么操作，还在原地愣了一下。

倒是她把扮鬼的人给吓住了。

呆了半天，那个嘴角旁化着一排红颜料的男生才不太好意思地说：“嗯……你说哪个女孩子？”

只找了一个房间，她就果断放弃了这个效率低下的办法，直接快步挨个儿推开门，在把里头那些“尸体”吓起来的同时，进去匆匆看一圈就出来。

这么一连走了四五间，她站在原地，深呼吸起来。

好好想一想，好好想一想……如果是自己，会往哪个方向走？她闭上眼睛，视线里慢慢出现了一片迟暮、颓败的金光。她像是又回到了那条梦里摆脱不掉的走廊。

可她不再是那个惶恐迷茫的小姑娘了。

月升身体里那个坏了多年的雷达好像忽然亮了起来，她沉下心按着它的指引往前走，第一次毫无恐惧地走进了那片光芒里。

她走到一扇门前，那是中学教室的门，准备告诉她父母死讯的班主任正在和课上的老师低声商量，她越过这两个人向窗户里看，斜趴在桌子上的小姑娘和自己的目光在那一瞬间相接，好像空气里响起“叮当”一声。

月升看着那个女孩儿被老师柔声细语地叫出去，站在那两个准备告诉她残酷现实的大人跟前垂着头。

她耐心等着，等着那个小女孩丢下他们往前跑。

小女孩听完班主任的话，用力眨了眨眼一扭头，手臂却被月升轻轻拉住了。

“这是真的。”她看着小姑娘惊恐无措的眼睛，想了想又说道，“不要害怕。”

月升紧紧地抓着小女孩想要挣脱的、一直在抖的手，那片小小的温暖被她牢牢地握在手心。

“跟我回家吧。”月升看着那个从前的自己，声音里是难得的温柔，“我带你回家。”

暗淡昏沉的夕阳光芒在那一瞬间飞快地消退，黑沉沉的走廊里只有一直在闪烁的红灯，月升回过神来，看到自己对面的小姑娘和一个惊慌失措的女孩儿重叠在了一起。她打量了一下这个微微发抖的女孩儿，轻轻柔柔地重复了一遍：“别怕，我带你出去找他。”

森然恐怖医院开业三天，还是第一次出现有人走着进去躺着出来的状况。看到那个脸色青白的中年人躺在泼满了红颜料和糖浆的道具手术床上被初阳推出来的时候，匆忙赶来的老板和医护人员不禁双双震惊了。

女医生发现中年人已经被施行了急救，慌乱中还给了林初阳一个惊讶而赞赏的眼神。

他看出来了，这个眼神的意思是：小伙子，给你点个赞。

那个已经脱离生命危险的中年人被专业的医护人员平平稳稳地放到担架上，正往急救车里推，从“医院”入口那儿就传来一声带着哭腔的“爸爸”。

林初阳闻声回头，刚想打趣说这是谁这么客气，就看见月升手里拉着一个中学生模样的女孩儿，她扎着个摇摇晃晃的马尾，丢下月升朝这儿跑了过来。

她眼圈红通通的，扑过来拉住中年人的手，好像想说什么，可是又说不出来，只有泪水在眼眶里不住地打转。

中年人已经缓过来了，只是还有些虚弱。他费力地睁着眼睛朝女孩儿看了看，哑着嗓子说道："彤彤，对不起。"

彤彤终于没有忍住，眼泪像断了线的珠子一样噼里啪啦地落了下来。

"我只是气你丢下我一个人。"她带着泪水用力咧了咧嘴角，咕哝道，"其实我早就原谅你了。"

这天是她生日，爸爸原本答应要陪她一天，可匆匆带她来商圈的一家店里坐下，表示吃完饭就要回去工作了。

彤彤的母亲在她四岁的时候与她父亲离婚，眼前这个永远都在忙碌的人成了她与这个世界仅有的联系，这点牵绊像丝线一样脆弱。

可现在这个人也想丢下她走了。

她看着眼前的蛋糕和牛排，越想越委屈，听爸爸解释完不能陪她的理由，一气之下站起来扭头就跑："那我就自己走，不碍你的眼了。"

然后她头也没抬，闷头乱跑，结果意外撞进了这家鬼屋。她爸爸由于工作多年不吃早饭，刚才又只来得及喝了几口咖啡，还什么都没吃，这么惊惧交加，急急慌慌地找了一圈下来，身体自然而然地抗议未遂、愤而死机了。

救护车的门被关上之前，那中年人忽然说了句："谢谢你。"他躺在担架上，没法看向月升，看着像是对着空气郑重其事地道了句谢。

彤彤抬起春水一样湿漉漉的眼睛，抽噎着对月升点了点头。

车门合了起来，救护车随之发动了。

刚才在路上，月升匆忙中还对彤彤嘱咐了几句低血糖患者的注意事项，也不知道她记下了多少。

能做的全都做了，月升仔细想了一遍，确定自己的每一个步骤都没有出错。

好像还不赖。

看着救护车开走，月升忽然意识到，不一定非得拿起手术刀才能帮到别人。

她默默地念叨，如果他们的人生是一场疲惫漫长的1500米比赛……那就把过程中遍布的酸楚和挫折当成一次又一次的50米转身。

那是从头来过的机会。

“你说什么？”站在她旁边的林初阳没有听清，只见到她蓦地笑了一下，低低念叨了句“50米转身”。他还当她这是吓魔怔了，忙拍了拍她的肩膀，“没事吧？”

月升摇了摇头，看向眼前这个满脸都是关切的人。她的目光静静地在那熟悉的脸上扫了扫，心跳不知怎么忽然加快了。

好像和这个人一起的话，也就没有那么难了。

这阵潮汐一样涨起的心跳声在她的胸腔里不断回荡，她迟疑了一下，欲盖弥彰地说：“没什么。”

林初阳看她破天荒地支支吾吾起来，好奇得不得了：“什么事这么高兴啊？”

月升想了想，在那两个呼之欲出的想法里，理所当然地挑了另一句实话。

风吹拂过她散在耳旁的发梢，扬起一阵淡淡的蜜桃洗发水的气味。她的声音轻轻的，但听起来冷静又笃定："我想好了，我要考注册营养师。"

在分外忙碌的吓人又救人的一天结束后，这两个尽职尽责、身心俱疲的扮鬼员工终于可以卸妆下班了。

别说是森然恐怖医院，就是在港城这么多年所开的主题鬼屋里，都从来没有出现过把顾客抬上救护车的惊险情况，而且万幸的是，那个大叔没有出事。

林初阳满脸是血浆地推着手术床跑出来的时候，被好几个围观群众看到，他们在惊讶之余，还顺手把现场的照片发到了社交网络和朋友圈里。

于是不到两个小时，基本上整个商圈的客人都在同城热点上看到这家惊世骇俗的恐怖医院了——虽然那大叔并不是被吓的，但他们好像并不太在意这一点。

惊险、刺激，吓晕了还立马抬你上救护车，一半好奇，一半又免了后顾之忧，当天下午，闻讯赶来围观的顾客数量噌噌噌往上涨，然后那儿的营业额就抑制不住地……更好了。

清水哗哗地从水龙头里冒出来，林初阳满满地接了一捧，用力地洗起了干在脸上的道具血浆。他们干的是白班，下午五点准时洗脸走人，他看见镜子里的自己仍旧看起来惊悚无比，不禁默默希望水龙头里流出来的是卸妆水。

他仔仔细细地洗了半天，脸上才终于有了点儿人类的模样。

林初阳放下毛巾，换下那身破烂的病号服从男厕所里走了出来。等了没一会儿，月升就慢悠悠地出现在了隔壁女厕所的门口。

她的眉毛和几绺碎发被水流浸湿，又洗干净了脸上那些惨白的粉，此刻看着眉清目秀，居然还少有地带着一点温柔和动人。

“我们去吃好吃的。”林初阳高高兴兴地拉上她想要走，就看见小老板迎面朝他们走了过来。

这儿的“院长”姓李，年纪很轻，大概自小就夙兴夜寐努力读书，是个不苟言笑的少白头。

也不知道这么严谨的一个人是怎么想起来开鬼屋的。

小老板那一双狭长的眼睛从镜片后头投出两道精明的光，他先是非常郑重地拦在他们的路中间，说了句官方的话：“今天的事多谢你们。”

见他们俩只是敷衍地“哪里哪里”“没有没有”，他若有所思地咳了一声，补充道：“奖金会和工资一起发到你们的卡里。”

没等月升张口拒绝，林初阳看了她一眼，就朝小老板笑呵呵地摆了摆手：“不用不用，我们做好事从来都不留名。”

小老板是何等人物，高等学府毕业的精英人士，见他们对钱不感兴趣，于是又掂量了一遍，颇自信地从衬衫口袋里掏出了两张折叠整齐的门票。

“李洪峰老师的考研讲座，你们有兴趣的话可以去看看。”李洪峰是当地一个非常知名的讲师，大概是小老板以为这两个视金钱如粪土的大学生十分热爱学习，于是非常大度地忍痛割爱了，“实不相瞒，李老师……咳咳，是家叔。”

考研讲座是什么？月升悄悄想，总感觉那里堪比声势浩大的邪教聚众现场。她脑海里不由自主地出现一幅画面：传销头子在讲台上振臂高呼：“知识就是力量！”一众眼睛放光的学生群起响应：“就是力量！”

只是想了想，她就赶忙谢绝了这份沉甸甸的美意：“还是您留着吧。”

连续碰了两鼻子灰，小老板有点摸不清这两个人到底是什么意思了。

林初阳假笑得脸都快僵硬了，如果他可以对着自己的老板呐喊一声，他一定会大呼一句：“您就行行好放我们走吧。”

“这样吧。”小老板略一思索，就低头掏出了另外两张折了角的门票，“有朋友送了几张画展的门票，是当代大师丹浮生的，你们觉得怎么样？”

他们哪里敢再拒绝，常言道君子成人之美，月升实在不敢再拒绝这份汹涌而来的美意，谢了一声就接住了。

小老板如释重负，好像再也不欠他们什么，转头就走了。

林初阳捏着手里这张皱巴巴的门票，看到上头写的日期，发现明天就是画展的最后一天，时间还挺赶的。他哑然道："这个什么画展也在这里，大哥你明天有安排吗？"他知道下班后她也很累了。

反正他们暂时也没有别的事情可做，月升无所谓地"嗯"了一声："那明天就去看看吧。"

两人下班中途被拦截了一下，等紧赶慢赶地上了四楼的美食区时，已经完美地赶上了大部队下班觅食的饭点。他们在几家爆满的拉面馆和寿司店门口只略停了一下，就果断地选择去赛百味。两位少年英侠一起买了个切成两份的大号三明治，再一起身手矫捷地爬到顶楼去吃。

这里一共七层，他们一路坐扶梯上了没有人去的楼顶躲清静。晚风沉醉，像一杯甜腻的冰酒，扑在脸上柔情似水。林初阳把一条胳膊搭在砌好的水泥台子上，另一只手举着三明治咬了一口。暮色像昏沉暧昧的薄纱，被尾随而来的黑夜严丝合缝地遮住。初上的华灯像极了一串串火光微透纸壁的小灯笼，错落地悬挂在这片起伏的钢铁山丘上。

星星点点的灯光落在月升的眼睛里，她无言地看了一会儿，恍然想起几年前，他们四个一起在山上的那个夜晚。

当初热热闹闹的流星雨小队，现在只有林初阳还待在她身边。

寂静里，林初阳又咬了一口三明治，忽然说道："因为我想看看大海。"

"你之前问我为什么选蹼泳，"他的声音很轻松，带着一股少年特有的大方爽朗，"因为我爸爸是海员嘛，我想知道他喜欢的大海到底是什么样子，当时就想也没想地报了游泳的项目。

“蹼泳的速度很快，每次在水下的时候，我都觉得自己和这个世界短暂地隔开了，那段时间里，我的眼前只有气泡和浪花，没有任何纷扰。在那个瞬间，我要做的就是拼尽全力不断向前，别的什么都不重要。

“而且体育竞技真的算是最公平公正的事情了吧，当然，不能把那些灌兴奋剂的算上。”

远处彩灯的光朦朦胧胧地扫在林初阳的脸上，让他的神色看起来无比温柔：“这个完全没法偷懒，不能蒙混过关。你付出多少汗水，就得到多少荣耀，没有任何捷径可走。因为一旦走了捷径……捷径就成了唯一的路了。我不会放弃，哪怕我游得不快了，哪怕我再也拿不到奖牌、一上场就被人笑话，我也不会放弃，”他一口气说了这么多，忽然偏头笑了笑，“大哥你信不信？”

晚风凉凉的，把他们身上的T恤吹得像平静海面上的波浪和涟漪，一荡一荡。月升的短发迎着那些细碎的光，看起来像是细腻的棕金色。她平静地看向林初阳，发梢就在耳边飞舞，好像一幕电影里的场景。

有一个瞬间，她觉得自己正长长久久地待在一场醒不过来的梦里。

连绵的灯火在他们身后，有呼吸似的不断闪烁起伏。环线道里的汽车都映着釉面一样的光，在路上飞快地行驶着，街上流动着热闹无比的人潮，从天台这儿看过去，整个商圈看起来像极了一个正在无声转动的巨大表盘。

他们都在一场名为“活着”的盛大梦境里。

所有人都在时间的表盘里努力前进，一刻不停。

月升看着他沉默了一会儿，在风里轻声说道：“我知道你可以的。”

美术馆位于六楼，这里的五楼就是一家布满激光和摇滚乐的健身房，可谓实打实的闹中取静。他们沿着扶梯一路向上，沿着走廊往里走了几步，没费多少力气就找到了六楼的展馆门口。

来这里的人很少，和四楼已经热闹非凡的餐饮区不一样，只有零星几个人，看起来格外冷清寂寥，好像连室温都跟着降了两度。

一步入桃园。

展厅里的墙面错落地挂着大小不一的油画框，画面里多是浓墨重彩的金色和红色，鲜艳的太阳花、叶片被余晖染成金黄的杨柳，画家的用色非常大胆，几种十分显眼的颜色混杂在一起，看起来有一种新奇又略带怪异的美感。大片的金色使通道的两面墙上仿佛挂着一排排正在燃烧的壁炉，有的星火浮动，有的满膛火光。

丹浮生不是个画水墨画的吗？月升心里疑惑，低头确认了一遍门票上写的地址，发现似乎走反了，丹浮生的画展在六楼的另一边。

果然……

不过，林初阳和她明显对这点并不在意。不论是孤礁、病房、鬼屋还是走错的画展，只要是和身旁的人待在一起，其实在哪里都没有问题。

一进门的时候，林初阳就以他们“刚刚共患难过他又受到了惊吓”为由挽住了她的手，她没有像从前一样抽回来。好像经由那个有血有肉的人这么一牵手腕，她也有了一颗心了。

墙壁上都是呼之欲出的火光，那些跳脱的色泽象征着黎明和希望，不知怎么给了她一种熟悉的亲切感。

通道的尽头是一幅巨大的黑白人物肖像，非常显眼。画中的男生正侧着脸往画框外看，他的面孔被光线模糊了，但很明显有着让人心动的、眼尾上扬的桃花眼，眼角处还有一颗小小的痣，眼神明朗。而他的另半边脸则完全消失在那片灿烂的光里。

那是朝阳投在他脸上的光。

大画框前面还站着一个背对着他们的姑娘，她戴着软边的米白色小帽，身上穿了一条砖红色的薄长裙和白色的开衫，长发乌黑，垂在肩后。

她好像正在和画里的人对视。

月升和林初阳被这幅莫名熟悉的画吸引了过去，他们走到近前，越看越觉得画里的人他们认识。

画的名字是Hope，希望。

旁边是作者的署名“Moon”。

“好看吗？”那个一直在看画的姑娘忽然转过头来，对他们笑了笑。

林初阳看着那双明亮的、像小猫一样有灵气的眼睛，瞬间犹如被电流击中，心脏都跟着踉跄了一下。

“芒芒？”

“什么时候回来的？”林初阳手里捧着一杯什么都没有的“冒牌”奶茶，“回来怎么也不来找我们？”

上一刻还在鬼屋里尽职尽责地工作，下一秒已经和这个千山万水外的人重逢，谁也没想到，他们阴错阳差地走到这里，竟然还能碰见何芒。

“说来话长。”何芒低头吸了一口杯底满满的珍珠，她手里拿的这杯糖在、冰在，奶茶的灵魂也在。她心满意足地咽下去，十分舒服地点了点头，“我这不是来找你们了嘛。”

在画展的展馆里喝冰奶茶而不是香槟，他们也算是小小行为艺术了一把。

林初阳举着手里那杯清汤寡水的“奶茶”，一时之间几乎淌下两行清泪：噎人噎得这么到位，他这个大哥的地位怕是不保了。

其实何芒说得也没错，她年少外出求学，没有经验，迈出祖国的大门没多久，就直接把随身的包给搞丢了，录取通知书和手机跟着包离她而去，她没能顺利进入那所大学。思虑了没多久，她就选择了游学。这三年她在各个国家的社区学校进行交流学习，逢年过节就在街头给人画画或者在咖啡馆打零工赚生活费，没法回家，因此几乎算是音信全无。

茫茫路远，她和他们隔着一山又一山。

就在前一阵，她还在意大利一个小镇的教堂里给人修补天顶和壁画。她像刷墙的泥瓦匠，戴着报纸折成的尖角大帽子坐在秋千一样拴着两根粗绳的木板上，待在那儿，一吊就是一下午。

“那几天镇子里一直都在下小雨，结果有一天，天气忽然放晴了。”

镇子里的人们被困在家里好几天，此刻都兴奋地走到街头欢呼。雨霁云开，明朗和煦的阳光透过教堂顶的玻璃彩窗，正好落在了她身上，蝶翅一样五色斑斓。她没有一种颜色辨认得出来，可她感受到了那片美丽的、令人落泪的温暖。

“太美了，这个世界这么美，我要替他好好看看啊。”于是她收拾行囊，准备带着那些画一起四处游历，这里只是第一站。

林初阳十分好奇：“怎么会在这里，而不是元嘉？你知道我们在这儿？”

“我当然是……夜观天象，觉得我一定会在这儿碰见你们的。”何芒的眼睛里总有一股灵动狡黠的光，“我说完啦，但你们怎么会在这里呀？”

听林初阳把他们自赛场上重逢，到落水受伤，最后来这里打工的故事讲完，何芒轻轻笑了笑：“那你们可得……”

她还没说完，从碰见她到现在一个字都没说过的月升忽然走上前，张开双臂一把抱住了她。

何芒可算不出来这个，她举着杯奶茶愣了一下：“怎么了？”

那个从来都是冷冰冰的人在她耳边小声说了第一句话：“我很想你。”

明明只有三年没见，可一朝重逢，沉着冷静的月升变成了随遇而安、一身血浆的扮鬼员工；而思维跳脱、活泼乐观的何芒却变成了温柔娴静的画家。一个剪了短发；一个又留起了长发。两人好像一面互相颠倒的镜子，不知不觉，时光让她们活成了对方曾经的模样。

“我也很想你。”何芒鼻子一酸，就把奶茶塞给了林初阳，腾出手来拍拍月升的背，温声咕哝道，“很想很想。”

一手一杯奶茶的林初阳腾不出手来，只好笨拙地张开双臂，松松地凑了上去，把那两个单薄的女生温暖地环了起来，他感慨地号道：“还有我！还有我！”

何芒本来都快哭出来了，眼泪酝酿到一半，生生被这句话给堵了回去。她“扑哧”一声笑了：“我刚才话还没说完，我说，那你们可得好好谢谢我。”

林初阳还不愿意撒手，迟钝地问道：“怎么？”

“因为我没回家，先来的这儿。”何芒吸了吸鼻子，“所以老何特地来接的我。”

林初阳还没反应过来，月升的心里却倏地一亮：何芒的父亲何建邦，是知名的骨科医生。

月升和何芒心有灵犀地相视一笑，已经感动了好半天，林初阳才恍然大悟：“哦——”

"芒芒。"他挠了挠头说，"你记不记得，从前你跟我说，我的朋友里头有个贵人？"

他生性就乐观开朗，爱交朋友，一直都拿这句玩笑话当作正大光明结交朋友的正当理由。

何芒睁大了眼睛。

原来兜兜转转，那个所谓的"贵人"就是她自己啊。

他们三个一起感慨地站在那幅大肖像画前，画中人仍旧目光温柔地侧头看着他们。几年前的那个深夜，因为乌云，他们并没有如愿看到传说中的白羊座流星雨。

可第二天清晨，他们在半山腰上，意外目睹了一场盛大灿烂的日出。

"白羊座流星雨象征着天真和活力的丧失，公羊试图营救受到迫害的王子和公主，可最终仍是无力回天，王子不知所终，公主掉进大海。但也许正是这样的陨落，才把希望和新生带到了人间。"

那幅画的名字叫"希望"，他们三个静静地站在画框外，和画里的那个男生一起看着辉煌灿烂的朝阳。

就像从前一样。

Ke'ai
Fenmi Yiban

第十章
你是我的心

一进入考试周，大学城各个高校的图书馆里满满当当地挤着无数个莘莘学子发愁的小脑袋瓜，自习教室更是闷热无比，有空调和吊扇续命的几个小教室早就被乌泱泱的人占满了，跑来抱佛脚的有志青年大都占不到座儿，只好亲密无间地胳膊肘撞胳膊肘，和互不相识的陌生人一起在桑拿房一样的大教室里挥汗如雨。

港城医学院也不例外。

还有起晚了连桑拿房里都没占到座位的，只好待在宿舍里昏昏沉沉地复习，看两页书就得咬牙掏出辣穿脑门的风油精闻一闻。

家里有矿的大佬们则会在期末充分将这一优势发扬光大，拎着课本和习题去附近的咖啡馆里点杯冷饮，一边背单词一边吹冷气。

每到这个时候，在走廊里、墙边的暖气旁，还有楼梯间的犄角旮旯，都能看见有人坐在小马扎上像苍蝇一样“嗡嗡”背书，而曾经见证了无数小情侣腻歪的湖边树荫下，也坐满了摇头晃脑、只差头悬梁锥刺股的苦命学生。

一进校门口的那尊马克思雕塑下，已经摆满了各种苹果、薯片、饼干、火腿肠，不知道是哪个系的男生还恭恭敬敬地摆了包韩国细杆烟，也不知道他老人家在天之灵抽不抽得惯。

期末考试的逼近，让所有人如临大敌，纷纷拿出了占座复习的看家本事。

但在所有的地方都像烧干了的锅一样吱吱冒烟的时候，有一个地方却依旧无人涉足、安安静静。

月升站在一片馨香的阴凉地里，举着一本书看得入神。

此时尚是清晨，白雾还没散尽，附近的树上传来有一搭没一搭的微弱蝉鸣。文英楼的天井里凉飕飕的，树木幽静，只有她一个人在这里。

两年前在港城医学院出过一起为情所困的女学生跳楼的事件，当时一度人心惶惶。在添油加醋的传言里，那栋楼的走廊里半夜会传来呜呜的哭声，非常可怕。

事情发生之后，文英楼被封了几个月，后来新生入学，需要教室，就又重新开放供他们上课用，不过安排的都是白天的课，一到傍晚，这儿就压根儿不会有人来。

也就只有月升敢来了。

以她的性格，哪怕面前突然诡异地冒出一摊血，她也会面不改色地绕着血迹走过去，更别提传闻中那些很不靠谱的诈尸闹鬼了。她一个冷面判官，如果真有一具僵尸不长眼，举着两只胳膊挡了她的路，她说不定会直接拎起一桶福尔马林给他浇趴下。

如果真的存在鬼魂和幽灵，那为什么她在梦里都见不到父母一面呢？她的梦里永远都只有那条令人窒息的、没有尽头的走廊。这种民间传说故事，她很早就不信了。

天井里的植物因为缺乏修剪长得非常茂盛，空气里都是草木恣意生长的芬芳。月升站在那个姑娘从高空摔下来的地方，漫不经心地把书翻过一页，继续看着被红笔画得血红一片的重点。

一个熟悉的声音忽然从她身侧传来："小熊。"

她放下书，看到笑容永远那么完美的陈卓："师哥。"

也是在这儿，月升第一次碰见的他。

"要同时准备转系的考试和本专业的期末考，还要补上前两年那个专业的课程，很辛苦的。"他说。

月升只是摇摇头。

"想好了？"他问。

"嗯。"

闻言，陈卓停顿了一下，闷声笑道："你好像和从前完全不一样了。"

月升无言，继续看起了手里的书。

两人沉默了一会儿，陈卓忽然淡淡地说："我妹妹就死在这儿。"

那个女生叫陈静，刚好在月升入学前一年去世。

"她和你的性格很像，真的很像，但她碰上了错的人。"陈卓的眉间少有地掠过一缕阴云，"第一次在这儿碰到你的时候，我还以为她真的回来了。"

他总是看着云淡风轻，被学弟学妹私底下称作"笑面无常"，没人知道他经常在深夜独自在这栋楼里徘徊——还因此吓跑了一个慌里慌张的小姑娘。从那之后，这栋楼更没人敢来了。

直到那天，他在这儿碰见了月升。

一种奇异的失而复得感让他忍不住想保护她、帮助她。

“我不会让那种事情再发生一次。”他时刻出现在她身旁，也真的就没有不长眼的小男生敢来搭讪。

两人都是沉默带着伤痛的刺猬，小心翼翼地躲在伪装得坚硬的壳子里，伤口散发的血腥气让他们不断靠近对方取暖。但他们身上都有刺，不能再近了。

过了很久，月升才沉声说道：“师哥，谢谢你。”

“我看那家伙对你还不错，碰到他以后，你也一直都很开心。”陈卓笑了两声，“看来我终于能放心撒手了。”

“日本那个交流项目，你终于下定决心去了？”

“对，本来我想，就算是教授追着我身后打我都不会去，起码得一直赖到你毕业……”他的眼睛很亮，犹疑了一下，试探着问，“月升，你能不能叫我一声哥？”

“哥。”月升定定地看向他，朝他认认真真地笑了，“你放心，我很好。”

陈卓怔了一下：“我……就要离开这里了。”

“我会想你的。”月升的眼睛黑漆漆的，她轻轻地说，“哥，你要去过自己的生活，不用挂念我。”

就在这个时候，她的手机突然响了起来。月升略微低头一看，显示屏上正是“林阿浪”的视频请求。她不慌不忙地点击了同意，屏幕上随即出现了林初阳的脸。

“月升，月升。”他慌慌张张地压低声音，往身后心虚地瞥了一眼，才继续说道，“最近还好吧？”

月升平平淡淡地“嗯”了一声：“你现在不是应该在训练吗？”

两个月前，在何芒父亲那儿，林初阳顺利治好了腿，随后就一刻没停，赶紧归队继续训练。八月底在丹麦有一场世界级的蹼泳锦标赛，林初阳追着大部队到了广西那边的集训场地之后，他和月升的状态基本就是一个“做一整天运动”，一个“坐一整天”，两人都在全力以赴地忙自己的事，根本见不着面。

两人就像山间因为暴雨意外汇聚在一起的水流，在黑暗和风暴里相遇。如今雨霁云开，水位回落，井水和河水两不相犯，默不作声地退回到各自的生活里。

临行的时候，还是何芒和月升一起去机场送的林初阳。年少时也是这样，她们两个在站台把他送去远方训练，一路看着火车开远。

好像什么都没改变。

他在广西几乎全封闭地训练了两个月。托何芒这个“贵人”的福，他之前的伤好得很彻底，第一个月还没结束，他的状态就已经赶上伤前了。在那儿与世隔绝地“闷头挖了两个月煤”，大家的成绩都还不错，武教练这才大发慈悲，给他们这些“乃不知有汉，无论魏晋”的原始人按顺序轮流使用半个小时的“免死金牌”手机。

第一个获赦的是季成天。

林初阳很不放心地又往身后飞快瞥了一眼，和他合伙抢了季成天手机的程双正全力抵着门，她的背紧紧挨在被捶得砰砰响的门板上，门外隐约传来季成天哀号的沈阳口音：“阳哥，咱做个人成吗！”

“阳哥说了！一会儿轮到他的时候，他的手机给你用！你消停一会儿，别成天和个大傻子一样。”程双的声音有点愤怒，明显是被他敲烦了。

季成天还崩溃地还了句嘴：“叫成天怎么了？怎么就‘成天’和个大傻子一样了？”

月升听着对方那里分外热闹的背景音，忍不住轻声笑了笑。

“我感觉好久好久没见到你了，我真的很想……”林初阳的话刚说到一半，就看见镜头被转到了那个叫月升“小熊”的男生脸上。

他这涌上脑门儿的满腔思念喷薄而出，还没来得及表达完，就呆呆地眨巴着眼睛看着那个笑眯眯的人冲自己打了个招呼。

月升的画外音一本正经道：“叫哥。”

林初阳：“……”

他万万没想到，当年对何芒那一幕惊世骇俗的“当哥的给你介绍一下，这位是我哥”的场景会再度上演。风水轮流转，天道好轮回，他默默地仰望了一下天花板，眼里差点没含上一圈热泪，声音都有点颤抖地号了一声：“哥！”

陈卓笑得更开心了：“哎！”

月升这才把屏幕悠悠转了回来，本着公平公正的原则问道：“你抢人家大成子手机干吗啊？”

林初阳理直气壮：“我想你啊！”

口字形的天井里回声效果好，这句话在四面八方的墙壁上挨个撞了一圈，此起彼伏地消散在这栋分外幽静的教学楼里。

“想你啊……你啊……啊……”

“我也想你啊——”屏幕那一头，门后季成天的声音已经转为哀恸咆哮，“我的手机！”

“我特别特别想你，想看看你。”

“你这是怕忘了我长什么样了吗？”月升有点无奈地教育他，“快把手机还给人家。”

结果手机那头的林初阳居然选择性地忽视了后半句话，理直气壮道：“我不会忘了你的。”

他一字一顿地说道：“我会记得你。”

见月升闻言哑了好一会儿，他才提醒了一句：“嗯……这么久没见，你就没有什么想要对我说的？”

一语点醒梦中人。

月升眨了眨眼睛，若有所思地“哦”了一声：“好好训练，不日新者必日退……”

林初阳：“……”

屏幕那头突然传来一声钝响，程双尖叫的声音一路顺着卡卡顿顿的4G网络号到月升这边：“阳哥，我快顶不住了！”

林初阳急急地抓紧手机凑近了：“你放心，我知道的，我这是自己吗，我可是‘武皇’行走的脸面……”

屏幕里模模糊糊的画面突然像灾难片一样剧烈地摇晃了几下，信号随即凄惨地被掐断了。

看来正义得到了伸张，这位“脸面”的手机终于被愤怒的受害者抢了回去。

月升放下手机，一路把陈卓送到门口。以往都是他送她，这回终于轮到她送他了。

她看着陈卓的背影远去，又抱着书转身走了回去。走到天井里时，热情的阳光毫不费力地挑开几缕微弱的雾气，明晃晃地落在她的肩头。她的发梢泛着黑釉一样的光，整个人都沐浴在盛夏温暖明亮的阳光之下。

翠绿繁茂的绿植随着微风沙沙作响，她安安静静地站在那儿，沉痛的过往就像一页薄薄的竹棉纸，悄无声息地被翻过去了。

俱是柳暗花明。

盛夏似乎最适合虚度光阴。

饱满的光线把绿叶和行人的肤色都烙深了一个色号，没完没了的蝉鸣声衬托得午后闷热的街道格外像聒噪的桑拿房。

大多数放了假的学生都变成了昼伏夜出的夜行动物，白天心安理得地缩在自己那一方小小的壳里睡觉吹冷气，直到黄昏时分才在妈妈愤怒的砸门声里堪堪地爬起来，慢悠悠地趿拉着拖鞋去小市场给絮絮叨叨的妈妈买菜。

元嘉镇有个夹在几栋居民楼中间的小菜场，一开始只是住在一楼的大爷大妈们把自家院子里种的辣椒、茄子拿出来互相交换，免了去超市来回的麻烦，图个方便。

小菜市场发展到现在已经小有规模，周末的清晨和傍晚，附近的菜农也会过来摆摆摊。

徐聪打了个哈欠，睡眼惺忪地站在老奶奶的豆腐摊前，梦游一样指了指堆得整整齐齐的绿豆芽。

有句话说，身体和灵魂必须有一个在路上。他完美地做到了这句话中的“必须”二字，躯壳拎着包豆芽在小菜场里游荡，而灵魂尚安适地平躺在八百米外他的床上。

徐聪迷迷糊糊地走到一把新鲜的芹菜面前，隐约记得，似乎在老妈愤怒的声音里听到过芹菜。他困得神志不清，连价都不愿意讲，随便称了一把，夹在胳膊下就要走。

长长的过道两侧摆满了各种颜色新鲜的蔬果，他没看路，这么迷迷糊糊地一转身，正好一头撞到了迎面走来的人。

一个面无表情的漂亮姑娘左手拎着个沉甸甸的包裹，右手则稳稳当当地抓着个盛满青椒和油菜的灰白色布口袋，他这么晕头转向地往前一冲，姑娘稳稳当当一动没动，他直接往后一仰，慌里慌张地退了好几步，胳膊夹着的芹菜都掉了一地。

这下他彻底清醒了。

“对……对不起！”他越看越觉得那姐姐面色不善，以至于她左手那包捆得方方正正的东西都被他莫名其妙地想象成了炸药包。

“没事。”那个姐姐默默把手里的东西放到一边，矮下身子帮他捡起了散落的芹菜。

等徐聪回过神来，她已经把那捆芹菜重新放回了他的手里，然后拎起自己的布口袋和“炸药包”，什么事也没发生一样地走了。

月升静静地穿过热闹的小菜场，把那些热闹的烟火气都甩在身后，一路上楼开了门。她换好拖鞋，把“炸药包”搁在自己的房间，又拎起菜到厨房，拧开水龙头洗了起来。

整个夏天，她都在元嘉镇的舅舅家研究学习营养方面的相关知识，为开学前的那场转专业考试做准备。而且不得不说，她在这方面的确很有天分。

在前两天翻专业书时，她意外发现有一种很难发现的慢性食物过敏的症状和林初阳身上的症状很相似，于是立刻上网查了很多资料，心里大概有了点底之后，又跑去镇医院咨询了营养科的姚医生。“炸药包”里的，正是姚医生给她找的相关书籍和刊物。

她和姚医生一起打电话告诉了林初阳这个推测，并试着远程帮他把关食物，两人都在为了即将到来的考试或比赛全面备战。

他们之间隔了半个中国，可有很多时候，月升都觉得，他们之间的距离并不遥远。漫长的盛夏在忙碌中悄然而去，好像只有匆匆的一个瞬间。

八月中旬，中国蹼泳队前往丹麦备赛。在那之后不久，何芒在中国的暑期巡回画展结束，前往美国继续深造。而几乎是同时，陈卓也登上了前往日本的飞机。

陈卓站在长长的队伍里等待过安检。

队伍前进得很慢，就在终于快轮到他时，他好像感觉到了什么，忽然回头看了看。机场大厅里只有拖着行李箱匆匆而过的人群，因为是早班机，还有好几个睡眼惺忪的人正打哈欠。

他没有看到那个人。

轮到他了，他最后朝那个方向看了一眼，而后释然地笑了笑。他直接经过安检门，朝登机口走了过去。

“哥要走了，多保重。”他低声咕哝了一句，消失在了来来往往的人群里。

不远处，港城机场候机厅外的玻璃幕墙上，映着一个苗条好看的身影。月升一言不发地站在外面，悄悄目送陈卓离开。眼看那个人拐进了登机通道，她略一低头，鸭舌帽的帽檐盖住了她的眼睛。

最终她还是没能踏进去。

飞机的轰鸣声让她的心脏狂跳，手腕上早已愈合的伤疤好像也跟着狠狠地刺痛起来，她光是站在大厅门口都觉得头晕目眩、喘不过气，更别提走进去了。

飞机在她的眼里是父母的棺木，而整个机场则是停满了棺材的灵堂，一种挥之不去的压迫感让她没有办法去丹麦现场给林初阳加油，没法在何芒登机前给她一个拥抱，没办法跟陈卓当面说一声再见，甚至连给他们送别都不能。

光是站在这里，她都已经是拿出莫大的勇气和决心。

月升转过身，拦下了一辆出租车："师傅，去港城医学院。"

正式开学的前一周，学校里有一场评定转专业学生相关知识的考试，就在今天九点钟开始。月升去得还算早，就在走廊里和几个大一的学弟学妹站在一起背笔记。刚刚在机场的眩晕感还在，她有些不在状态，注意力一直无法集中，还有十几分钟要入场考试了，她的眉头不知不觉蹙了起来，把好几个小姑娘看得也莫名地跟着紧张了。

就在这个时候，她调成静音的手机嗡嗡地振动起来。

月升有些抱歉地对一起候考的学生们点了点头，走到外头轻点了接听。

这栋教学楼外的小花坛里种着很多灌木，经过一个夏天的肆意生长，已经没了假期前精心修剪的轮廓，看起来别有一种粗犷自在的美。

"月升，月升。"林初阳的声音轻轻的，听着有点模糊。丹麦和北京时间有六个小时的时差，那儿现在还不到凌晨三点钟。大概是怕月升数落他大半夜不好好睡觉养精蓄锐，他非常自觉地主动解释道："我睡不着，想听听你的声音。"

姚医生和队医一起给他把关饮食后，到了丹麦这片遥远而陌生的土地上，他头一次没有出现晕晕乎乎的情况，走在路上再也不像踩在棉花上了。他破天荒地没用季成天他们伸手扶，而是在他们紧张的注视下，像一个车祸后头一次甩开拐杖的病人，自己好好地走到了宿舍里。

往年的比赛其实他也顾不上紧张，因为水土不服，大多数时间他都是迷迷糊糊地倒头就睡，现在冷不防这么一清醒，倒在沉沉的黑暗里睁着眼睛辗转反侧，有些失眠了。

月升怕他听出自己压抑不住的慌张，沉默了好一会儿，一个字也没说。

林初阳听到话筒里只有月升有点乱的呼吸声，想了想时间："今天考试吧？我们明天……今天下午也有比赛。"他把一只胳膊撑阳台上，像是在望着无边黑夜里星星点点的灯火小声自言自语，"太阳公公出来了，他对我呀笑呀笑——"

他一遍又一遍低声哼唱着完全不在调子上的这两句歌词，好像国际通话的话费不是他攒了好一阵的零花钱一样。徐女士要是知道他把钱都花在跨国唱K上，一定会指派一个随行的小秘书，代她给他进行一番财务管理的亲切教育。

月升的眉头不知不觉一展，眼角一弯笑了。

他在那里……她的心里有个声音在悄声说，不用害怕。

远在大洲大洋那头的林初阳听见月升笑出声，这才堪堪地住了嘴。

"月升。"他说，"你可以的，不要害怕。"

十分钟后，月升和那些学弟学妹一起走进了考场。其实转专业的考试大都是从习题册和课本上出的原题，不至于太为难这些报错了专业或者是被调剂的学生。试卷上的题，月升绝大部分都会，加上她的心态又平稳了下来，所以做得飞快。考场里整齐划一的笔尖摩擦声里，只有她唰唰翻页的声音，听得好几个小学妹都心惊胆战的。

从头到尾检查了两遍之后，月升忽然站了起来，在监考老师有些惊讶的目光下，提前交上试卷，直接走出了教室。

月升的步子越来越快，走着走着就跑了起来。走廊里落满了正午跳动的阳光，但她再没有犹豫和惊慌，头也不回地奔进了那片明晃晃的光里。

在路上，她用手机订好了时间最近的航班，之后很快有条不紊地收拾起衣服来。林初阳走之前，知道她怕飞机去不了，还特地托他妈妈给月升带了张比赛的入场券送给她做纪念，她记得自己当时把票夹在了林初阳留给她的那本《我与地坛》里。

想了想，她抽出书翻开看了一眼，书页里还夹着几片压得薄薄的月见花瓣，她小心把书合上放进双肩包里，想了想，又在桌子前坐下，顺手在本子上写了一些东西，塞了回去。

然后她带着简单的一小箱行李打了辆车，在同一天第二次站到了机场大厅的门口。

人还是那个人，机场也还是那个机场，还是不断有人在她身边走过，飞机仍然使她感到来自四面八方的压迫感。她站在原地，像在念什么咒语箴言一样低声默念了几句“我可以的，不要害怕”，然后一咬牙闷头跨步走了进去。

没有想象中惨烈的惊叫声，也没有任何东西爆炸，只有往来人群说话的嘈杂声，还挺吵的。她面色镇定，但心脏仍在怦怦直跳，做梦一样去取了票又托运了行李后，她感觉到因为过度紧张，自己的血糖正在飞速下落，于是赶紧快步走进机场的一家快餐店里坐下，点了一份温牛奶和三明治。

正是午饭时间，快餐店里很热闹，几个嘴角还沾着番茄酱的小朋友抓着半个汉堡在儿童区里玩，旁边一桌银白头发的老太太正在说笑，看她们的穿着应该是来自同一个老年旅游团。

月升低头咬了一口三明治，静静等待葡萄糖进入自己慌乱流窜的血液里，让自己冷静下里。等食不甘味、心里发慌地喝完了杯子里的牛奶，她才如释重负地放下了纸杯，起身走向洗手间，想要洗把脸。

冰冷的水流扑到她脸上的时候，有一个声音从她心底冒了出来：什么时候，自己也变成了这样随心而行的人？

她向来严谨，做任何事都会先考虑周到准备好，从不莽撞、从不惊慌，永远都有计划周全的Plan B……可现在呢？她望向镜子中自己湿淋淋的脸，忽然发现旁边的水池也有一个等待登机的姑娘，对方染了一头松石绿的短发，模样活泼，眼睛明亮，正在仔仔细细地对着镜子补妆。

口红的颜色是色泽十分鲜明的红，像小火苗一样，灵动、鲜活、美丽，像每一个期待生命的人一样。月升看得有些触动。

而镜子里自己的脸色有点憔悴，她打量了一下，弯下腰又接起一捧水，用力地泼到脸上。

这下清醒多了。她走回自己的座位，算了算时间，确定林初阳这个时间并没有在训练，也没有比赛，然后她有条不紊地拿起手机，拨通了那个号码。

只响了两声，电话那头就有人紧赶慢赶地接了起来："喂？"

"初阳。"她深深喘了一口气，声音逐渐变得冷静起来，"你拿支笔。"

月升听到电话那头的人似乎是疑惑地照做了，接着就清清楚楚地背了一遍自己的两张银行卡账号，接着说道："密码是130407，我改成这个了，怕你记不住。"她知道他一定会记得这串数字。

"芒芒和你妈妈的生日记得打电话，她们的生日日期和电话号码我都记在一个本子上，就放在我宿舍的书架最左边……还有你吃东西的注意事项，我也整理好了，那个本子就挨在边上。"

她分外理智，就像正躺在手术台上有条不紊地交代自己的遗言："钱是我父母事故的赔偿金，一半你帮我捐给研究地贫的医疗机构，另一半你自己留着，你妈妈说得对，运动员吃的是青春饭，将来你退役了，有了这些钱怎么也会从容一点。"

"月升……"全程没说上话的林初阳终于得空插了句

嘴，在这通内容怪异的电话里，他敏锐地听到了电话那头人声嘈杂的背景音，压低了声音问，“你是在机场吗？”

月升压根儿没有顾得上回答他的问题。长这么大，她还是头一次话这么多，好像过往憋闷在心里的千言万语，此刻都像火山喷发一样一拨接着一拨涌到心头，生怕这次不说，就再也没机会说了一样。

她的心脏像小鼓点一样在胸腔里怦怦地跳着，她喘了几口气，把手机挨近脸侧，自顾自地沉声说道：“你是我的无能为力，我的虚张声势，我的求胜欲，我的羞耻心。

“你是我日复一日的想念，我漫长无边的夜晚。

“你是我的心。”

冰山本来是没有心的。她以满身冷硬尖锐的冰刺为矛，浑身厚厚的雪壳做盾，那儿满目荒凉、寸草不生。可有一天，在这片广袤的冰原上，太阳出来了。

它试探着靠近，一层层融化了覆盖深厚的雪，带来了温暖和光。于是冰山丢盔弃甲，心甘情愿地融化进了苍蓝色一望无际的汪洋。

她有了一颗心。

下午两点半，航班没有延误，准时起飞。月升坐在靠窗的位置，看着小圆窗外的地面一路倾斜，不久之后，那儿变成了白云和蓝天。

在机场快餐店里，对林初阳说完那些话之后，她忽然觉得再没什么可怕的了。就算这架曾经剥夺了她全部感情的空中棺材把她带向万劫不复，她也没有任何遗憾。

飞机经过欧洲大陆的上空时，月升睡不着，在满机舱闭目养神的乘客中间，轻手轻脚地拿出了背包里的那本书。

她随手翻开书，正好翻到了中间折了角的一页。这一页的角落里有人随手写了一笔潦草的“2013.4.7”。

那是他们第一次在学校里见面的时间。上头史铁生的话底下浅浅地画了一条横线，她的目光顺着那条线向下看去。

“春天是树尖上的呼喊，夏天是呼喊中的细雨，秋天是细雨中的土地……”冬天的那句形容被改动了。

几年前坐在树荫下的林初阳一抬头，看到了正迷了路乱走的熊月升。

她的表情那么冷静，又带了点不易察觉的倔强，好像什么事都不能让她屈服，哪怕是她的恐惧都不可以。

林初阳下意识在书页上标注了日期，然后，在不久之后一节语文课上走了神，他想起她，做梦一样拿起笔，改动了最后一句——

“我喜欢的是你。”

丹麦，哥本哈根。

飞机经过了十一个小时的航行，终于落回了地面。丹麦与中国有着六个小时的时差，所以此时才傍晚七点半，太阳仍旧高悬。夏天还没结束，这里纬度高，所以昼长夜短。

月升在机场匆匆换了现金，打了出租车一路到市区的比赛场地，下车的时候已经八点多钟了，天还是亮的。

她匆匆经过一系列烦琐的流程入了场，总算勉强赶上了最后一场1500米决赛，赛程已经过半了。记分牌上的数据她在做志愿者时就会看了，她飞快地扫了一眼，分数都还没记完，就一眼看到了七号泳道正闷头摆水的林初阳。

林初阳的整个身躯都埋在水里，哗啦哗啦的水花在他的手臂和脚蹼间像小小的暴风雨，欢乐而激烈地碰撞又落下。

月升看见他的时候，他正好在水中转了个身，一下子就越过了旁边的一个选手。场下人声鼎沸，各个国家的人用不同的语言正在挥舞着各自的国旗加油喝彩。

在月升的眼里，他像一条灵动迅捷的人鱼，又像一艘迎风展开了白帆的小船。他一路乘风破浪、披荆斩棘，正朝着自己不断靠近。

林初阳曾经说过，不论发生什么，他都不会放弃。她相信。

月升安安静静地坐在观众席上，没有大声呐喊，只是淡淡地朝那儿笑了一下。她知道，他可以做到的。

最后50米，在解说员惊喜的声音中，原本排在第三名的七号道中国选手又一个熟悉的转身加速，浪花随之翻腾，他也加入最后的冲刺了！

很多时候，他们的人生就像一次又一次的50米转身。在小小的一方池水里兜兜转转、精疲力竭，而前头还有一个又一个关卡和转身等着他们，终点遥遥无期，而他们尚和第一名差着很长一段距离。

但这些都没有关系，他们一直都在全力前进，而且……

每一次转身，都是一次从头来过的机会。

蹼泳的速度非常惊人，在观众们激烈的欢呼声中，第一名转瞬触壁！

计分板上随之亮起了冠亚季军的名字。林初阳以0.03秒的微弱优势压过了拿银牌的韩国选手，第一名，中国！

月升坐在观众席后头，遥遥看见了林初阳在水里高兴地做那个热情的“雨刮器招手”。

那是属于他的光芒和荣耀。

如果可以，她也希望成为那些光的一部分，照亮他。

月升由衷地跟着那些观众鼓起了掌。就在这个时候，她的微信提示嘟嘟地振动起来。月升点开一看，发现那是一大段之前发的语音消息。大概是她的电话打不通，那个人又很着急，所以才发了语音过来。

场馆里人声鼎沸，月升垂眼看了看联系人的名字，起身走出了门。

“你的转专业考试通过了，季主任知道你特别看重这次成绩，又打不通你的电话，所以在微信上联系的我。”

“我最近在忙着做一个地贫的研究课题，回来得晚了些，刚刚才看到。”

“恭喜。”

日本那儿应该还是凌晨三四点钟，夜里上岗的无常大人陈卓估计才刚刚回到宿舍，没来得及睡，就赶紧告诉了她这个好消息。

月升一路走到街边，把那三条语音慢慢听完，在输入框里打了几个字，很快就又都删掉了。她凑近手机，点开了语音：“哥，知道了，谢谢你。”

她拉着小小的行李箱漫无目的地走在哥本哈根的街头，发完语音一抬头，非常冷静地发现自己又找不到路了。

刚刚晚上八点半，天色都还没暗下来，她也不惊慌，干脆慢慢悠悠地在街上闲逛了起来。

这里是丹麦，安徒生笔下小美人鱼的故乡。街边涂鸦鲜艳的小房子像童话故事里的一样，满是岁月痕迹的尖顶大教堂古老而肃穆，而街边还有不停用两手向上空抛三个瓶子的街头艺人和给人有偿画像的流浪艺术家。

无波无澜的运河静静地在她身侧流过，各色各样的人和建筑毫无违和感地凑在一起，混合成了一幅奇妙而和谐的画面。

光线给所有事物都镀上了一层温暖迷蒙的金色，她走在形形色色的人群中，忽然想起了林初阳送给她的那些月见草。就像童话故事里为爱化为泡沫的小美人鱼，月见草的花语是“默默的爱，不羁的心”。她明白了什么是爱。

往事在月升眼前如画片一样一张张划过去。她默默地想着，原来……原来爱是这样的。

月升的手机响了起来，她回过神，接起来轻声说道：“初阳？”

手机里传来他激动的声音：“我拿了金牌！”

她低头笑了，不徐不疾道：“我知道。”

月升接着电话，在人群中一个转身，正好看到了运河街边正对面的林初阳。他的头发在暮色中金灿灿的，满面笑容地冲自己用力挥了挥手。

“我知道自己总是分不清南北东西，”她怔了一下，就笑着对着话筒无奈地说，“可我怎么老是能撞到你呢。”

林初阳的头发还没干透，他罩着件宽松的运动外套，应该是一颁完奖就跑了出来。高悬了一整天的太阳终于开始西沉，光芒正好从他的身后照过来。

“人生何处不相逢嘛。”林初阳轻轻地说。

街边一个长发艺术家的画布上，出现了这样一幅速写画面：在运河边的余晖中，在面孔深刻、发色多样的欧洲人中间，两个黑发黑眼的亚洲人举着手机，一路穿过人潮不断向对方靠近。

漂亮的建筑背景里，浓眉大眼的那个男生举着手机，歪着头，好像在卖力地对着话筒唱着歌。

而他对面那个好看的短发女生只是低头浅笑。她的眼角有个微微向上的拐弯，眉眼动人，笑起来的样子很美。

“太阳公公出来了，他对我呀笑呀笑，”林初阳就站在离她很近的地方，刚结束比赛的心脏还在胸腔里飞快地卖力跳动着，他目色沉沉地看着月升，第一次对她唱出了后面的歌词，“我爱你，你知不知道？”

月升抬起那双眼尾飞扬的桃花眼，心里一荡。原来她一直都被这么温柔地爱着……而且，爱真的很美好。

每个人都有或多或少的缺陷，晕血、色盲、找不到路、水土不服……而他们像彼此残缺了的那块拼图，穿越人潮，穿越坎坷，终于找到了完美契合的另一半。

月升凝视着林初阳的眼睛，在晚风中轻声说道："我知道。"

全文完

Ke'ai
Fenmi Yiban

♥

番外
儿时

医院后墙的角落里有棵老树。它的年纪很大了，树皮上满是斑驳的伤疤和恐怖的凸起，可它从来也没抱怨过什么。它只是安安静静地扎根在那儿，在八月的阳光照耀下投去满地带着甜腻香气的阴影。

一阵风吹过，把那一片浓密的叶片吹得沙沙作响，几片翠绿的叶子随风翻动，露出茎脉分明的娇小脊背。

那一小片翻飞的叶片后头，隐约露出了一双明亮而狡黠的眼睛。小男孩乌溜溜的眼睛看向树下的阴凉地里，落在了一个穿浅黄色连衣裙的小女孩身上。

今天下午，她这已是第三次路过这里了。

躲在树上的男孩儿不知道她这是在干吗，十分好奇地打量起她来。

小女孩的头发原先还披散着，现在因为热被她随意地在脑后扎了一把，把那张白皙可爱的脸蛋完完全全地露了出来。她还有一双很漂亮的眼睛，只是也不笑一笑，看起来冷冷的，像个冷不防活过来的洋娃娃。

裙子背后的大蝴蝶结一抖一抖，她正在轻轻举着手给自己扇风，天气太热了。

还是八月份，盛夏似乎永远都不会结束。

声嘶力竭的蝉鸣和阳光下不断飞舞的尘埃是街道上永恒的背景，天上阴沉沉的云彩正努力地酝着一场雨，它吸收了一整天的尘埃和尾气，破棉被一样无精打采地盖在街道上空，让空气更沉闷了。

躲在枝叶中的小男孩也没别的事干，就居高临下地看了她好一会儿。那个小女孩只是站在原地一脸冷静地扇风，也不知道在想什么。他盯着她好看的樱桃头绳看了半天，还是没忍住喊了句：“嘿，你干吗呢？”

那个小女孩闻声有点惊讶地挑眼看了他一下，随即面不改色地反问：“你又干吗呢？”

大概是想起了自己蹲在树上的行为的确有些怪异，小男孩被问得脑子短路，迟疑了一下。

一个站在地上，一个蹲在树上，两人大眼瞪小眼地互相交接了一个眼神，小女孩就一言不发地转过了头，老老实实地站在树荫下，没有再看向他。

镇医院的后院曾经是个供病人散心用的小花园，前几年腾出来做了别的用处之后，这儿也就少有人来了。小花圃里的花草树木因少了每周勤快的修剪，已经缠丝搭蔓地长成了一片分外茂盛的草木堆，五颜六色的花像打翻了的颜料盘一样四处开着，一地寂寂的树影。

过了一会儿，树上的小男孩开始觉得无聊了，他冲那个小女孩“哎”了一声，主动坦白：“其实我是来找好朋友的。”

“哦。”小女孩正专注地不知道看着什么东西，只敷衍地应了一声，看也没看他一眼。

小男孩试图吸引她的注意力，想了想接着说道：

“嗯……你说，我们也做好朋友好不好？”

他的声音小了些，听着有点难过：“老师说他生病了，我都好几天没见着他了，所以想来医院找找他。”

小女孩这才慢慢抬眼看了回来，盛夏的植被茂盛，她只能看到层层叶片后闪着光的一双眼睛：“那你为什么不从大门进来？”

“我……”那双眼睛往旁边心虚地看了看，“我和他说好——说好要一起爬树的。”

“好吧，好吧。”小男孩见她不信，犹豫了一阵，好像下了莫大的决心，“我是偷偷从幼儿园里跑出来的。”

在小孩子的世界里——至少是在他的世界里——如果交换过了小秘密，彼此之间就是最要好的朋友了。

“那你呢？”小男孩在树上蹲得腿有些麻了，他悄悄地揉了揉，目不转睛地看着她，似乎非常期待这个好朋友的回答。

小女孩总给人一种小大人的感觉，她似乎在心里把几个答案默不作声地掂量了个遍，才不慌不忙地说：“没什么。”

一阵少见的凉风正好吹过，小男孩的半边脸从那些柔软的叶片后露了出来。他摇了摇头，直截了当地说：“骗人，你是找不到出去的路了。”

遍地婆娑的树影轻摇，光透过绿叶的缝隙落在她的身上，小男孩看到她低了低头，然后忽然张口扯开了话题：“那你怎么不下来？”

小男孩的手已经有些酸了，他摸了摸鼻子，不知道她怎么突然说起这件事：“上面风景好，还凉快。”

她不紧不慢仰头看着他若隐若现的身影，眨了眨眼睛：“骗人，你是下不来了。”

小男孩：“……”

他们的个子都很矮，这个郁郁葱葱的旧花园对他们来说简直像是一片错综复杂的小森林，两个小朋友才第一次见面，就很不给面子地隔着那棵歪脖的老树互相拆起了台。

一个出不去，一个下不来，两人面面相觑，一言不发地干瞪了半天。

老树长在院墙外，略微有点朝里歪，这个年纪的小男孩身子轻，又灵活，像小猴一样利索地上了树，本来想顺着树滑下去，可他上来之后才发现，这里对他来说还是太高了。既进不去，又出不来，小男孩小心地瞥了瞥自己到地面的那段距离，几番权衡，只好选择待在树上不动了。

“谁说的，我可以。”他不想在这个小姑娘面前丢脸，心虚地酝酿了好一阵，才故作镇定地扯起了谎，“这里多凉快啊，我就是……还不想下……”那个“去”字还没说完，他的额头忽然一凉。

小男孩愣了一下，摸了一把。他抬起头，第二滴雨水穿过层叠的叶片落在了他的脸上。

空气里瞬间开始弥漫起雨前特有的土腥气，盛夏多骤雨，一阵凉风突然吹过，就把天空那团沉甸甸的云彩给吹破了。淅淅沥沥的雨丝开始落了下来。

老师说过雷雨天是不能靠近大树的，小男孩欲哭无泪：刚说完树上凉快，怎么就开始下起雨来了？

好像是为了捧他的场，雨丝飘下来没多久，天空深处就很给面子地响起了一声闷雷。

这下再凉快也不能待了。

“哎，好朋友，下雨天是不能站在树下的。”他怕小女孩不知道，好心提醒了她一句。

“我知道。”小女孩的声音无波无澜，“那你呢？”

树下不能站，树上就能站了？

雨滴开始密集起来，小男孩只迟疑了一下，瞄了瞄地面就一皱眉：“那你站开一点，我……”

话还没说完，他那条早就麻了的右腿忽然一个没踩稳，整个人直接惊叫着掉了下来。

那半截子话被他突兀地接上了，他抱着腿号了一声：“我的腿！”

小女孩站在一边，一只手横在脸上方挡雨，一只手叉着腰。她很无奈地看着这个从天而降的人，像大人一样叹了口气。一切都发生在一瞬间，那个男孩儿根本没有反应过来，上一刻他还居高临下地蹲在树梢，下一秒他的脸就和坑坑洼洼的泥地来了个亲密接触。蹲得发麻的右腿开始充血，此刻才迟钝地开始有了针刺一样的感觉，他没忍住“哎哟”了一声，视线里只有小女孩来回走动的两条腿。晃晃悠悠的浅黄色裙摆接着一矮，碰到了地面。

她凑到他的右腿那儿蹲下，摸了摸又看了看，颇困惑地说道：“没摔着啊。”

小男孩默默解释了一声：“我这是腿麻了。”

有那么一瞬间，他觉得这个好朋友打量他的眼神像极了正一脸嫌弃地看着条案板上的死鱼。雨开始大了起来，他们的头发和衣服都湿透了，小女孩在原地短暂地犹豫了一下，似乎在考虑要不要丢下这个累赘。

她很快地问：“你在树上的时候，看见门的方向了吧？”

“嗯……”小男孩试着回忆了一下，“看了个大概。”

“你指方向。”小女孩伸出手试图去扶他，抓着他的胳膊往自己肩膀处一搭，可男孩儿的腿此刻仿佛是一截硬邦邦的死木头，根本着不了地。她轻叹一声，顺势矮下身子，在那个男孩儿惊讶的眼神中，一使劲，直接把他给背了起来。

小男孩：“我认你做大哥吧。”

“别废话，快看看往哪儿走。”

二十分钟后，这场突如其来的雨也完全没有要停下来的意思。冰凉的雨水不断拍打冲刷着满园蓬勃的植被，空气里满是雨水和尘土草木混合在一起的气味。小男孩的手试着横在小女孩头顶上挡雨，他犹豫道：“直走吧。”

天色一阴沉，他的视线也暗了起来，又被雨水这么兜头一浇，在树上看得再清楚，一到地上他也晕头转向了。小男孩隐约看到前面好像有个小房子，他想，这么干淋着也不是办法，不然先进去躲躲雨，等雨停了再说吧。

小女孩背着他，一路摸索着找到了那个不起眼的小平房。

这个小房子孤零零地立在墙边，墙面灰白，看着沉沉闷闷、低眉顺眼的。

“怎么了？”小男孩看出女孩儿好像不太高兴，问了一句。但她没说什么，走上前把背上的人放到墙边，就去试着拧门把手。

门没锁。

女孩儿扶着一瘸一拐的男孩儿，从拉开的一条门缝里闪了进去。

屋子里没开灯，漆黑一片，小女孩踮脚试了几次，也没有摸到墙边的开关，只好原路走回来，在小男孩身边靠墙坐下了。这里光线很暗，好像连窗户都没有，他们只能看见挨近的彼此，其他的地方都沉在浓浓的黑暗里，什么都看不分明。

两个人都被雨浇透了，坐的地上已经像小溪流一样汇聚起了一摊水渍，她侧头拧了拧头发上的水，不说话了。

“这里怎么闻起来怪怪的。”小男孩抱怨了一句，撇了撇嘴，他的腿已经没有刚才那么麻了，头却开始隐隐地疼了起来，他无声地打了个寒噤，咕哝道，“好像有点冷。”

“你等一下。”小女孩站起来，朝着那片切不开的沉沉黑色里走了过去。小男孩靠在墙边，视线不知怎么开始模糊起来，只看到她身后的那个蝴蝶结轻轻晃了几下，隐入了那片无边无际的黑暗里。

不知道过了多久，小男孩才迷迷糊糊地感觉到有人凑近，他费力地睁开眼睛，发现他的好朋友不知道从哪里找了一大堆白床单来，正在往他身上围。

两人严严实实地像蚕蛹一样包好，这才感觉没有刚才那么冷了。小男孩也缓了过来，门外的雨声好像越来越大，正蛮暴地拍打着门，声音听着十分怪异。他生性好动，又觉得无聊了："好朋友，你在哪儿找的床单啊？"

"在里面。"

小男孩靠着又冷又硬的墙壁，眼睛亮了一下："里面有床啊，那我们可以躺一下吗？"

小女孩抬头一言难尽地看了他一眼，简短地说道："那个床你不能躺。"

"哦。"小男孩想了想，也觉得好像是不太好，干脆有点生硬地换了个话题，"好朋友，我老觉得这里怪怪的，你知道我们这是在哪儿吗？"

小女孩抱着膝盖靠在墙边，眼皮都没抬一下："太平间。"

小男孩的脸色唰地一白，有那么一瞬间，他很怀疑围在自己身上的床单是从哪里找来的。

"这个是我从柜子里拿的，很干净，别嫌弃。"大概是怕他不乐意，小女孩不慌不忙地又补充了一句。

男孩儿心里默默念叨了一句："现在重要的好像不是嫌不嫌弃的问题吧。"

门外唰唰地下着大雨，水滴不断飞溅到门上，传来一阵阵怪异空洞的声响。眼看着光线越来越暗，他几乎连好朋友的脸都看不清了。小男孩莫名觉得紧张，又觉得不能表现出怕的样子来，还没等他努力压住喉咙里的那几声“不然我们走吧”，胃就很贴心地替他呐喊了一声“咕噜”。

小女孩又淡淡地看了他一眼，低头从挎着的小布包里摸出根巧克力递了过去。

“不用不用……我……”他刚想说句“我不饿”，肚子就分外悲怆地又呐喊了一声“咕噜咕噜”。他一整个上午都在想着过来探望好朋友，午饭都没好好吃。

“谢谢你啊，好朋友。”他接过那根巧克力棒，语气里还是犹疑，“你也饿了吧？我们一人一半？”

“别废话。”这位好朋友的声音听着比刚才更冷了，也不知道是不是在生气。

小男孩哆哆嗦嗦地撕开包装纸，一口咬下去，瞬间就觉得暖和了不少。

“哎，好朋友，你叫什么呀？”

对方微微闭着眼睛养神，没有理他。

“那我就叫你好朋友可以吧？”小男孩把嘴里的巧克力咽下去，意犹未尽地舔了舔嘴唇，“你怕不怕这里啊？”

小女孩的眼睛都没睁开，她闷声道：“怕什么？”

“这里，这里可是放……”小男孩在电视上见过，好像只有去世的人会待在这里，这么一想，他不禁就有点慌，想赶紧离开这里，“我们待在这儿，那我们是不是也会死啊？”

“不会。”

“那……那我们和他们有什么区别呢？”小男孩还不知道，他问出的其实是一个牵扯到哲学层面的问题，很难解释清楚。

沉默了一会儿，那个小女孩才说道：“死了就是死了。”见他不明白，她耐着性子又解释了一句，“意思就是不会回来。”

她接着说：“等雨停了，我们从这儿出去，就能回家了对不对？这就是区别。”

小男孩也不知道听没听懂，蒙蒙地点了点头，小声重复了一句：“死了就是不会再回来。”

“对。”

得到了肯定的答复后，小男孩又咬了一小口巧克力，然后悄悄把剩下的半截塞进了裤子口袋里。他怕一会儿小女孩也饿了。

屋子里不比外头暖和到哪儿去，小男孩和她不知不觉已经凑在了一起，肩挨着肩取暖。他冷得四肢麻木，此刻感觉到黑暗中另一片小小的温暖，顿时安心了不少。

“好朋友，我都说了我的秘密了，你也告诉我你的好不好？”他舔了舔发干的嘴唇，问道，“我是来找人的，你呢？”

对方言简意赅：“来找人。”

“这么巧，你也有朋友生病啦？”

“我是来找我舅舅的。”

这么暗的光线里，男孩儿只能隐约看清好朋友侧脸的一点轮廓，他打量了一下这个陌生的侧影："你不是我们幼儿园的，我以前没见过你。"

"不是。"

"好朋友从哪儿来啊？"说完这句话，他突然觉得眼前一晃，刚才还隐约有的一点光线，此刻全都无声无息地没入了黑暗里。

那种感觉非常奇妙，他不知道自己是睁着眼睛还是闭着眼睛，也不知道自己是在做梦还是清醒着。麻木的四肢百骸开始发冷，而他的脑门却像小火炉一样烫了起来，烧得他迷迷糊糊的。

昏昏沉沉中，他好像感觉到有个人把他轻轻放平在摊好的床单上，又感觉到有人在拿什么冰冰凉凉的东西在擦他的额头。

"你这么厉害，不然我认你做大哥吧。"不知道过了多久，男孩儿才终于有了点知觉，醒了过来。他的眼皮又酸又涩，还沉甸甸的，他用力睁开了眼睛，眼前只有模模糊糊的影子。

小女孩把自己裙子上的大蝴蝶结拆了下来，在门口接了雨水，再拧干了放在他的头上。

那个身影无可奈何地蹲在他旁边，对这个莫名其妙的要求不置可否。

"你发烧了。"她说，"这样不行，还记得树上看到的路怎么走吗？你告诉我，我去找人来。"

小男孩的脑子已经犹如一锅文火慢炖的糨糊了，他沿着烫人的锅边，艰难地在里头搜刮了半天，才不太确定地说道：“好像是出了这里，再右拐，然后沿着小路直走。”

“好。”小女孩沉声应了一句，站了起来。

“哎。”小男孩慌慌张张地喊了她一声，“你别走。”

“怎么？”

沉默了一会儿，躺在地上的小男孩慢慢说道：“别去，外头太黑了，你怕黑吧。”

“我不怕。”

“你怕的。”

小女孩不易察觉地皱了皱眉，她不满地看向这个又一次拆了她的台的“好朋友”，噘了噘嘴：“所以呢？”

“我妈妈说，我的名字里有个太阳，什么黑的地方都能照亮的。”他说起话来慢吞吞的，也不知道是不是烧迷糊了，“有我在这里，你就不用害怕啦。”

朦朦胧胧的黄色裙摆像暗淡的火光一样，在小男孩的眼前晃了几下。他费力眨了眨眼，看到那束光越来越暗，最后像黄昏水面上转瞬即逝的斜晖，无声无息地翻滚进沉沉的黑色里。

明明躺在又冷又硬的地面上，可好像整个人都陷在一团温暖柔软的棉花糖里，正一刻不停地往下沉。

他的思绪到此断了线，终于沉沉地昏睡了过去。

因为那场高烧来得又凶又急，小男孩一觉睡到了第二天黄昏才醒，以至于那天发生的很多事情都记不清了。

后面的事情他都是缠着妈妈听她讲的。在那个故事里，小时候他非常顽皮，有天趁着大家做游戏的时候偷偷溜出幼儿园，一跑就是一下午，所有人都急得团团转。然后，他心血来潮，看到了医院外头那棵高高的树，就想爬上去玩。结果他这个银样蜡枪头一个没站稳，一头从树上栽进了医院里，又淋了雨，他慌乱之中，迷了路躲进了废弃不用的旧太平间里，这才大病了一场。

夕阳西下，金灿灿的余晖透过树枝和窗子落在家里的窗台上，小男孩看着那束光，迟缓地摇了摇头。他总觉得这个故事里好像缺了点儿什么，心里有个地方空得要命，但他又怎么都想不起来。

“只有我自己吗？”他慢吞吞地问。

“不然呢？谁家小孩儿还像你这么淘气？”

“你这孩子，吓死妈妈了。”女人生得很动人，这么嗔怒地一蹙眉，倒让她看起来才像是那个满腹委屈的小孩子，“以后还敢不敢这么皮了？”

他还在出神地微微摇头，妈妈当他这是知道错了，也不忍心责备他什么，摸了摸他的头就转身去浴室洗他湿透了的脏衣服。她找到儿子之后一直紧张万分地守在他身边，这些琐事也就现在才顾得上。

小男孩闭上眼睛，觉得自己好像做了一场冗长又杂乱的梦。梦里似乎一直都有一张模糊的面孔。他还隐约记得额头上那阵短暂冰凉的触感，还有在薄纱一样的黑暗中，有人和他靠在一起的那片小小的温暖。

樱桃发圈、浅黄色的连衣裙，还有白色的床单，那些画面都是断断续续的。

他的脑子里乱得不行，迷迷糊糊地想着，也许那一切真的是他发了高烧做的一场奇怪的梦。因为当时他太害怕了，于是幻想出了一个小朋友，一起陪着他。

小孩子身体正在发育，病来得快去得也快，男孩儿觉得自己已经没有哪里不舒服了，于是轻手轻脚摸下床，穿着睡衣走到客厅坐在沙发上。傍晚五点半，正好是他在看的那部动画片播放的时间。

他正调着台，就听洗手间里传来一声嗔怪："你这孩子。"

小男孩咧了咧嘴角，准确地找到了少儿频道。

"阳阳。"妈妈有点困惑地问他，"哪里来的巧克力啊？"徐女士站在洗衣机前蹙着眉，发现了半截早就融化得不像样的巧克力，它已经完全粘在他的裤子口袋里，这下得用手洗了。她轻叹了一声，"这孩子。"

小男孩闻声愣了一下，动画片的片头曲已经在播放了，他的眼睛里映着那些热闹的画面，笑容僵在了嘴角。

徐女士把衣服放到水龙头下开始冲洗，她注意到儿子沉默了一会儿。但没过多久，客厅里就传来他轻松的声音："哦，那是我的一个好朋友给的。"